잘생김은
이번 생에
과감히
포기한다

20대 암환자의
인생 표류기

잘생김은
이번 생에
과감히
포기한다

김태균 지음

페이퍼로드
paperroad

저는 이 글로 누군가를 위로하겠다는 생각이 전혀 없습니다. 22살에 혈액암이 코 부근에 발병한 뒤로, 투병과 재발 그리고 항암으로 망가진 얼굴에 수차례 성형수술을 통해 잘생김은 이번 생에 과감히 포기한 채로(원래 가지고 있었냐고 물어보신다면 할 말은 없습니다만) 정신없는 20대를 보내야 했으니까요. 위로는커녕 제 자신을 살피기에도 벅찬 사람입니다. 물론 누군가에게 섣부른 위로 따위를 받고 싶은 마음도 전혀 없었고요. 어쩌면 제가 이상한 인간이기 때문인지도 모르죠. 저는 '위로를 거부하는 병'에 걸렸습니다. 누군가 조금이라도 안쓰러운 눈빛을 보내거나 어설픈 위로의 말을 건네려고 하면 '네가 나를 알아? 감히 나를 동정해?' 같은 생각이 스멀스멀 올라오는 이상한 사람으로 자랐습니다. 하지만 이렇게 생겨먹은 인간이라도 사람에게 상처받고 운명에 배신당할 때마다 피난처가 되어줄 무언가는 필요합니다. 암 환자로 살아간다는 것은 마치 뜨거운 커피가 가득 담긴 머그컵을 머리 위에 올려놓고 생활하는 것과 비슷한 느낌이니까요. 언제 병이 재발할지, 언제 죽을지 문득문득 심장이 철렁 가라앉는 기분이 불현듯 찾아오는 상태로 평생을 살아가야 하기 때문입니다. 그래서 저는 피난처로서의 글을 쓰기 시작했습니다. 그리고 그렇게 소소하게 SNS에 조금씩 올리던 글들이 점점 일이 커져서 '브런치'라는 블로그로 발전하고 결국 책으로까지 나오게 됐네요. 인생은 정말 알 수가 없습니다.

주로 삶과 죽음이나 만남과 헤어짐 그리고 사랑과 외로움 같은, 나를 대체로 슬프게 하는 것들에 관한 저의 생각을 썼습니다. 완벽한 글은 아니지만, 진심만큼은 가득 담았습니다. 그런데 참 이상하죠 '이런 개 같은 인생 엿이나 먹어라'라는 마음으로 써 내려갔는데 사람들은 긍정적인 모습에 힘을 얻어간다고 말해주시니까요. 공감해주시는 많은 분들을 보면서 '아…, 사람은 다들 각자의, 하지만 비슷한 슬픔들을 가지고 사는구나…'라는 생각이 들었습니다.

22살 12월 24일 크리스마스이브에 암 판정을 받으면서 처음으로 '인생…, 이 더러운 자식…'이란 생각을 한 이후로 운명은 정말이지 창의적인 방법으로 꾸준히 저의 태클을 걸고 있지만, 그래도 저는 나름대로 운이 좋은 20대를 보냈다고 생각합니다. 비록 '잘생김은 이번 생에 과감히 포기'해야 했어도 잘생김보다 더 많은 것들을 얻을 수 있었으니까요. 이 책을 만들어가며 알게 된, 그리고 알아갈 많은 사람들도 제가 잘생김을 포기하고 얻은 소중한 것들 중 하나

입니다.

　인생을 살다 보면 문득 해결하지 못한 슬픔을 깨닫고는 울적해질 때가 있습니다. 저도 여전히 '난 우울한 걸까 아니면 심심한 걸까?'라는 슬픔을 가지며 살고 있으니까요. 결국 인생의 중요한 해답은 스스로 찾는 수밖에 없지만 그런 울적함이 찾아올 때, 이 책이 여러분에게 아주 약간이나마 힘이 되었으면 좋겠습니다. 감사합니다.

목차

2부。

프로아픔러가
사는 법

1부。

제 인생이 그렇게
슬프진 않은데요

암 환자는 서로를 닮아간다

신촌 세브란스 병원은 잠실 근처의 우리 집에서 한강을 끼고 한 시간 정도 되는 거리에 있다. 이 한 시간 남짓의 짧은 시간 동안 나는 최대한의 자유를 즐기기 위해 몸부림친다. 병원으로 들어가는 순간부터 간장게장을 담그듯이 나를 항암제에 푹 절여야 하니까. 게들이 게거품을 물고 몸을 버둥거리며 저항해도 결국에는 서서히 그리고 확실하게 간장이 스며들 듯, 그렇게 내 몸에도 항암제가 스며들 것이다. 그런 끔찍한 짓을 돈을 써가면서 하고 있으니 나란 놈은 얼마나 한심스러운가. 간장게장은 맛있기라도 하지.

내가 치료를 받던 제중관은 마치 731부대의 마루타 감옥처럼 음침한 분위기를 풍겼다. 원한 서린 귀신들이 둥둥 떠다닐 것만 같다. 외관은 빛바랜 하늘색에 주황색 굵은 줄이 그어져 있었는데 페인트들이 다 갈라져서 마치 거대한 딱지 덩어리 같았다. 새로 지어진 깨끗한 현대식 병동들 사이에 혼자서만 이질적인 모습으로 '쿡' 하고 덩그러니 박혀있었다. 제중관이 설립된 지 130년이 되었다는 패널이 병원 정문에 자랑스레 붙어있었다. 130년이라니, 그 수많은 세월 동안 얼마나 많은 환자의 비명이 제중관의 땅 밑으로 녹아내렸을까. 소름이 돋는다.

　　이곳은 온통 암 환자들로 뒤덮여있다. 정말이지 '뒤덮여' 있다. 내가 암 환자라는 사실이 크게 놀랄 일이 아닌 몇 안 되는 장소다. 암 환자는 다들 비슷하게 생겼다. 같은 '종'들이 생김새가 비슷한 것처럼 항암 치료를 하는 환자들도 암의 종류는 다를지라도 외모는 서로를 닮아간다. 사람의 외모란 것이 생각보다 단조롭다. 근육이 빠지고 머리카락과 눈썹도 몽땅 사라진 상태로 마스크를 쓰고 있으면 다들 비슷비슷해 보인다. 하루는 수액을 달고 병원 복도를 힘겹게 걷고 있었는데 젊은 남자 한 명이 반가운 표정으로 불쑥 말을 걸었다.

　　"아이고. 안녕하셨어요? 잘 지내시죠?"

　　아는 사람인지 재빠르게 머릿속 인물사전을 넘겨가면서 대답했다.

　　"아…, 네 잘 지내고 있습니다."

　　암 환자는 절대 잘 지낼 수 없는데 관습적인 질문에 그만 습관적으로 대답해버렸다.

　　"몸은 좀 어떠세요?"

"치료를 받고 있기는 한데 체력이 많이 부족하네요."

"힘드시겠어요."

"힘들어도 어쩌겠어요. 어쩔 수 없지요."

나는 입으로만 웃었다. 마스크를 써서 보이지 않겠지만.

"항상 기도하겠습니다. 힘내세요!"

남자는 씩씩한 발걸음으로 반대쪽 복도를 향해 걸어갔다.

모르는 사람인데 "나는 당신과 모르는 사이랍니다"라고 말해주어야 했을까. 하지만 오랜만에 바깥의 사람과 대화하는 건 너무나 즐거운 일이다. 저 사람이 나중에 나와 착각했던 그 환자를 만난다면 어리둥절할 수도 있겠지. 신화나 민담 같은 것도 의외로 이런 얼토당토않은 식으로 탄생하는 걸지도 모른다. 그 후에도 두세 번 정도 모르는 사람들과 대화했다.

감정이입의 패러독스

병실에서는 거의 항상, 내가 가장 어리다. 어쩌면 암 병동의 환자 중에서 가장 어릴지도 모른다. 어쨌든 20대 초반의 암 환자는 흔하지 않으니까. 다른 노인 환자분들과 어울리는 것이 익숙하지가 않았다. 간병인 아주머니들과도 마찬가지다. 어른들을 대하는 일이 참 어색하다. 물론 가식적으로 미소 지으며 접대하는 일은 자신 있지만, 다 같이 죽어가는 암 병동에서 그런 건 어쩐지 대수롭지 않게 여겨졌다. 게다가 나는 선천적으로 싸가지 없는 사람이니까.

간병인 아주머니들은 항상 티브이를 틀어 놓았다. 환자의 휴식 따위는 안중에도 없는 듯했다. 간병인들의 무료함을 이해 못할 정도로 쪼잔한 사람은 아니지만, 매일 저녁 '웃어라 동해야'를 강제로 시청해야 하는 것만은 너무 괴로웠다. 침대 위치가 티브이 바로 옆이라서 커튼을 쳐도 소리가 들려왔다.

　　그런데 매일같이 보고 듣다 보니까 그렇게 싫었으면서도 어느샌가 모든 내용을 숙지하게 되었다. 간병인 아주머니들이 모여서 '웃어라 동해야'에 대한 열띤 토론을 펼치고 있으면 짐짓 관심 없는 척하면서도 '오! 제임스가 드디어 실마리를 찾아냈구나', '아니, 아니, 안나의 풀 네임은 안나 레이커라고요'라며 마음속으로 참견하곤 했다. 결말을 보지 못한 채 병실을 옮기고 뒤이어 퇴원까지 하면서 자연스럽게 안 보게 되었는데, 안나는 제임스와 잘 이어졌는지 아직도 알지 못한다.

　　어쩌면 간병인들과 노인들이 일일 드라마에 열광했던 이유는 현실을 외면하고 싶어서일지도 모른다. 노인 암 환자가 있는 병실은 그야말로 아비규환이다. 게다가 어쩐지 내가 있었던 방은 하드코어 환자들만 있는 것처럼 일주일에 한 분 정도는 주검이 되어 병실을 떠나셨다. 어쨌든 잔인한 현실의 고통보다는 안나의 고군분투가 훨씬 매력적이니까. 하지만 병실에서 목격한 육체의 고통보다 더 잔인한 모습은 가족들의 외면이었다. 어느 날, 침대 건너편 할아버지 한 분의 다섯 자녀가 모두 병원에 모였다. 머리를 맞대고 수군수군하다가 갑작스럽게 언성이 높아졌다.

　　"그럼 지금 나보고 병원비를 다 지급하라는 거예요?"

　　"우리 집 사정 뻔히 알면서 그럼 나보고 어떡하라는 거야?"

"아니 일단 병간호는 누가 할지부터 정해야 하잖아."

턱살이 세 겹 접힌 모피 코트를 입은 아주머니가 말했다.

"돌아가면서 하는데 시간이 안 되면 돈으로 메우든가."

"더러워서 돈 낸다. 내! 계좌번호 문자로 보내. 더는 얘기하고 싶지 않으니까."

곱슬 파마를 하고 눈썹 문신이 인위적으로 그려져 있는 아주머니가 보라색 파우치 백을 신경질적으로 집어 들며 말했다.

침대에 모른 척 누워계신 할아버지의 눈동자가 슬퍼 보였다. 벽으로 고개를 돌린 노인의 흰자와 눈동자의 경계처럼 희미해져 버린 서로 간의 유대감은 누구의 잘못일까? 돈의 탓일까. 아니면 세월의 야속함일까. 끝자락에 레이스가 달린 분홍색 실크 드레스를 입고 천진하게 뛰어노는 손녀딸의 모습이 비극을 더 극대화한다.

이 사건을 목격한 후, 나는 '감정이입의 패러독스'에 빠져버렸다. 피해자에게 감정을 이입할수록 도와줄 확률은 높아진다. 하지만 어느 선을 넘어버리면 관찰자는 괴로운 상황을 회피하고 피해자와 거리를 두고 싶어진다.

그래서 나도 주변의 상황들과 나를 단절시켜버렸다. 아픈 것은 혼자만의 고통으로도 충분히 벅찼으니까.

거울 앞에 선 동양인 볼드모트

　항암치료를 받고 두 달 정도 후에는 완전히 대머리가 되었다. 아니 의사 양반 이게 무슨 소리요. 내가 대머리라니. 사실 암에 걸렸다는 것보다 대머리가 되었다는 사실이 좀 더 충격적으로 다가왔다. 유서 깊고 대단하신 안동 김씨 가문에서 대대로 물려받은 강력한 모발이 싹 다 날아가 버렸다. 신체발부 수지부모라 했는데 조선 시대였다면 천하의 후레자식이 되어버렸겠지. 좀 억울하다. 대머리인 것도 모자라서 불효라니……

　정말 시원하게 온전한 민머리다. 밀어서 모근이 살아있는 까끌까끌한 대머리가 아니라, 모근 하나 남아있지 않은 온전한 민머리가 되었다. 처음 알게 된 사실은, 덥거나 매운 음식을 먹으면 정수리부터 땀이 흐른다는 것이다. 밥을 먹는 데 열중하다 보면 얼굴로 주르륵 떨어지며 흐르는 땀 때문에 여간 불편한 게 아니었다. 여태까지 머리에는 땀이 안 나오게 태어났다고 믿었는데.

　민머리가 된 내 모습을 가만히 바라보고 있으면 삶은 계란이 생각난다. 항암제로 절인 계란은 아무래도 꺼림칙하지만. 그래도 정말 아무런 꾸밈없는 온전한 나를 바라보는 건 신선했다.

　세상 모든 일에 백프로 나쁜 일은 없다. 눈을 가늘게 뜨고 찬찬히 살펴보면 좋은 점도 보이기 마련이다. 나 또한 새로운 장점을 찾았다. 반들반들한 민머리라서 '아차!!' 같은 리액션을 할 때, 손바닥으로 머리를 "탁!" 하고 치면 "착!" 하며 감기는 느낌이 발군이다. 모근이 살아있는 까끌한 머리로는 도저히 따라 할 수 없다. 평생을 간직해온 나의 가장 부드러운 살결을 만지는 건 꽤 좋은 느낌이다.

　머리가 빠지는 건 그렇다 치더라도 코가 자꾸 수축해 들어갔다. 혈액암이 코에 발병했으니까 어느 정도는 예상했지만, 이 정도일 줄이야. 암세포를 죽이면서 주변의 지방세포도 다 같이 잡아먹었다고 한다. 대머리에 코도 없어지니까 영락없는 볼드모트가 되었다. 볼드모트도 항암환자였나 보다.

　나는 쌍꺼풀이 진한 동양인 볼드모트다. 해리포터가 보았다면 이마의 상처가 욱신거렸겠지. 난 잘못한 것도 없는데. 거울로 얼굴을 멍하니 바라보다가 문득 울적해지며 생각했다.

　'이대로 죽는다면 장례식장에서 모두가 바라보는 얼굴이

이 얼굴이겠지. 그건 좀 껄끄러운데…….'

나야 뭐 죽으면 아무래도 상관없다만, 그래도 혹시 유령이 돼서 장례식장을 떠돌고 있을지도 모르는 거니까. 사람들이 내 얼굴을 바라보면서 "아이고. 얼굴을 봐. 얼마나 고생을 했으면" 혹은 "누군지 알아보지도 못하겠네" 따위의 말을 내뱉는 건 왠지 부아가 치민다. 괜스레 심술이 나서 난장판이라도 칠 것 같다. 볼드모트도 이런 느낌이었을까. 그의 삐뚤어진 성격이 이해가 된다. 어쩐지 응원하게 된달까. 나는 악당에게 매력을 느끼는 사람이 되어버렸다.

내 몸은 마치 살바도르 달리의 그림들처럼

상식을 벗어났고 기묘했다.

어느 날은 뼛속의 골수까지 시려서

이불을 두 겹이나 덮고서도 벌벌 떨다가,

다음 날이면 혼자 사막 한가운데 던져진 것처럼

얼굴이 벌게져서는 식은땀을 흘렸다.

징징이를 받아주는 세상은 없다

내 몸은 외형상으로는 아무 이상이 없었다. 물론 대머리에다 코가 사라지기는 했지만, 내 말은 적어도 팔다리가 잘려서 피가 흐르거나 화상을 입어 붕대를 감고 있는 것처럼 '정말로 아파 보이지'는 않는다는 것이다.

하지만 지구가 항상 항암제로 녹아내리는 기분이 들었다. 울렁거리고 역겨워서 시도 때도 없이 토를 했다. 보이지 않는 손이 내 눈알을 누른 상태로 빙글빙글 돌리고 있는 것 같이 시공간이 휘어졌다. 사랑과 재채기는 감출 수 없다고 하는데 나 같은 경우는 토였다. 아침에 흉부 엑스레이를 찍으러 가는 20미터 정도의 거리에서조차 항상 서너 번씩 토를 했다. 그러면서도 매일같이 새벽 5시 반마다 정신이 반쯤 나간 상태로 토를 하면서 엑스레이를 찍으러 갔다. 마치 성실한 좀비처럼.

어느 날 검사를 마치고 침대에 누워있는데 청소하시는 아주머니가 "도대체 매일 복도에다가 토하는 사람이 누구야아악!"
하며 절규하시는 메아리가 들렸다. 그 순간 부끄러움과 미안함
에 얼굴이 화끈거렸다.

　　시도 때도 없이 토를 하니까 나중에는 위에서 초록색 액체
를 꾸역꾸역 게워냈다. 마치 뱃속에서 "들어가는 게 있어야 뭘
내보내지. 이건 너무한 것 아닌가요?"라고 말해오는 것 같았지
만 어쩔 수 없었다. 내 몸은 마치 살바도르 달리의 그림들처럼
상식을 벗어났고 기묘했다. 어느 날은 뼛속의 골수까지 시려서
이불을 두 겹이나 덮고서도 벌벌 떨다가, 다음 날이면 혼자 사
막 한가운데 던져진 것처럼 얼굴이 벌게져서는 식은땀을 흘렸
다. 입부터 항문까지 이어지는 소화기관이 모두 망가져서 며칠
을 아무것도 안 먹으며 누워 있다가도 갑자기 미친 듯이 배고파
서 영양제 두 캔을 순식간에 들이켰다. 물론 곧바로 침대에 토해
내서 한바탕 소동이 났지만.

　　하루는 폐의 염증을 검사하다가 흉부에 공기가 차서 폐가
쪼그라들었다. 병은 매번 창의적인 방법으로 나를 찾아온다. 결
국, 옆구리 갈비뼈 사이에 사람 중지 손가락 굵기의 호스를 삽입
했다.

　　그 순간, 여태껏 빨대로 뚫어왔던 수많은 '바나나 우유'와
'야쿠르트'들에게 미안한 마음이 들었다. 갈비뼈 사이로 튜브가

들어가니까 폐 속에 볼펜 한 자루가 가로로 박혀있는 것 같이 조금만 움직여도 쌍욕이 나올 정도로 고통스러웠다. 사흘을 미동도 안 하고 앉아만 있었더니 발이 퉁퉁 부어서 슬리퍼가 들어가지 않았다. 이때는 정말 죽어버리고 싶었다. 적어도 죽고 나면 아프지는 않을 테니까. 하지만 나는 죽을 용기가 없다. 꾸준히 아프면서도 자살 순간의 아픔을 두려워한다. 그리고 더 분한 것은 이 아픔이 원통하고 억울해서 눈물을 찔끔 흘려도 세상은 알아주지 않는다는 것이다. 몸이 불타거나 어디가 잘려나간 것은 아니니까. 물론 누군가에게 처참히 살해된 것도 아니다. 난 어찌 되었든 '치료' 중이고, 나아지는 중이니까.

아픈 일도 많고 힘들었던 일도 많아서 자세를 고쳐 잡고 앉아 끊임없이 떠들어대고 싶지만 애써 참는다. 어차피 사람은 타인의 고통을 온전히 공감할 수는 없다. 인간의 무의식이 자기방어를 위해 공감을 거절한다. 인간은 그렇게 태어났다. 아무리 비참한 비극이라도 반복해서 듣게 되면 결국에는 남자의 군대 이야기를 듣는 것처럼 지루해져 버린다. 징징이를 받아주는 세상은 없다. 그러니 입을 꾹 다물고 참는 수밖에.

잠에서 깨면 언제나 보라색 초승달

다년간에 걸친 다양한 치료들과 합병증으로 고통에는 어느 정도 익숙해졌다. 몇 년 전에 부분 마취로 중심정맥관 삽입술을 했었다. 고용량의 항암제를 투입하면 일반 혈관이 녹아내리니까 심장 쪽 혈관에 직접 바늘을 연결해서 투입해야 한다나.

수술대에 누워있으니 인턴이 와서 녹색 천으로 눈을 가렸다. 수술이 시작되고 나는 고개를 왼쪽으로 돌린 상태였는데 천을 완벽하게 가리지 않아서 내 몸을 실시간으로 찍고 있는 엑스레이가 보였다. 몸 안에서 움직이는 것이 느껴지는 튜브를 몸 안이 보이는 모니터로 지켜보는 건 꽤 그로테스크하다. 의사들도 결국 사람이다. 컴퓨터처럼 완벽하게 모든 수술을 진행할 리 없지.

나는 마치 유체이탈을 한 것처럼 다섯 발자국 정도 뒤에서 의사가 내 몸을 푹푹 쑤시는 모습을 볼 수 있었다. 그런데 막상 그 모습을 직접 대면하니까 생각보다 고통스럽지 않아서 놀라웠다. 매번 가리고 있으니까, 외면하고 있으니까 더욱 두려웠던 것이다. 아픔은 눈을 똑바로 뜨고 정면으로 냉철하게 마주 보면 생각보다 이겨내기 쉬워진다. 아! 수술대 위에서 나는 깨달음을 얻었다. 어쩌면 하늘 위에서 선녀가 내려와 "이제 옥황상제의 눈을 피해 뒹굴거리던 업을 다 해결하셨으니 저와 함께 올라가시죠"라고 말할지도 모를 일이다.

그렇게 삽입을 성공적으로 마치고 스테이플러를 박으며 피부를 봉합하는 중에 부분 마취가 풀려간다.

"앗 땃 따것!!"

결국 신경질이 나서 소리를 질렀다. 아아…, 선녀가 다시 올라가고 있다.

육체적인 고통은 어느 정도 참을 수 있었지만, 정신적인 고통은 견디기 힘들었다. 내성이 생기지도 않는다. 엑스레이로 볼 수도 없고 의사가 약물로 치료해주지도 않으니까 혼자서 치료하는 수밖에. 병원에서 지내는 어느 날인가부터 주먹을 꼭 쥐고 자는 버릇이 생겼다. 얼마나 세게 쥐는지 아파서 잠을 깨면 손바닥에 손톱 자국 4개가 보라색 초승달 모양으로 선명하게 찍혀있었다. 그래서 내 아픔의 기억은 항상 보라색이다.

그렇게 잠에서 깨는 날은 항상 식은땀을 흘렸다. 언젠가부터 마치 그런 나를 모든 사람이 쳐다보는 것 같은 느낌마저 들었다. 실제로 많이들 흘끔거리기도 했는데 마치 동물원의 원숭이가 된 것 같아서 불쾌했다. 항상 욕을 중얼거리면서 고개를 푹 숙이고 다녔다. 그때부터 종종 후드를 푹 뒤집어쓰고는 했다. 내 안에는 성질 나쁜 악마가 살고 있었다.

사람들은 내 앞에서 한심스러울 정도로 조심스러웠다. 날 아련하게 쳐다보면서, 말을 걸 때는 쥐며느리처럼 몸을 구부리며 상황에 맞지 않는 존칭을 썼다. 세계를 위협하는 마왕한테도 이런 식으로 비굴하게 굽실거리지는 않을 것이다. 그럴수록 나는 남들에게 더욱 지랄 맞게 굴었다. 다들 그렇게 행동하는 것이 날 배려하는 것이라고 착각하는 것 같다. 나 같은 사람은 그냥 신경 꺼주는 것이 제일 좋은 방법인데. 매번 말하지만 나는 지랄 맞은 피해망상 환자니까.

하루는 병원에서 여자친구의 부축을 받으면서 엘리베이터를 기다리고 있었다. 그날도 무슨 검사를 받으러 가는 중이었는데 남들의 시선에 과민 반응하며 날카로워져 있었다. 엘리베이터가 열리고 인상을 쓰며 고개를 들었는데 젊은 부부와 5살 정도의 귀여운 남자아이 그리고 눈 한쪽이 부어있는 환자 한 명이 타고 있었다. 문이 열리자 남자아이가 고개를 들고서 나를 바라보더니 똘망똘망하고 큰 목소리로, 옆에서 아이의 옷매무새를 정리해주는 어머니에게 물었다.

"엄마! 저 아저씨는 왜 머리가 없어?"

너무 당당해서 마치 '안녕하세요! 저는 몬테소리 유치원 햇님반 김○○입니다!'라며 자기소개를 하는 것 같은 말투였다. 순간 주변의 모두가 당황스러워했다. 아이의 어머니는 "어머머머, 애 왜 이러니, 왜 이러니!"라며 당황스러워서 어쩔 줄을 몰라 했고 회색 롱 코트를 입고 있던 젊은 남편은 고개를 숙이며 연신 죄송하다고 말했다. 엘리베이터 구석의 환자는 끔뻑거릴 수 있는 부어있지 않은 눈을 빠르게 깜빡이며 어색하게 서 있었다.

"푸하하."

그리고 나는 유쾌함에 소리 내어 웃었다. 발가벗은 임금님 이야기가 생각났다. 아이는 보이는 사실만을 말했을 뿐이고 말 속에는 어떠한 의미도 조롱도 없다. 단순한 호기심으로만 가득 차 있었을 뿐. 괜찮다고 말한 후에 엘리베이터에 탑승했다. 아이는 계속 바라봤고 나는 별로 신경 쓰이지 않았다. 그리고 어쩐지 그 후부터는 사람들이 흘끗거려도 화가 나지 않았다.

그 아이는 하늘에서 나에게 보내준 천사가 아니었을까.

그날 천사를 만난 뒤로는 종종 침대에 누워 잠들기 전, 하루 동안 어떤 기분 좋은 일이 있었는지 생각해본다. 거의 집착하는 수준으로 생각해낸다. 아침에 마시는 커피에 우유를 알맞은 정도로 부었던 것, 지나가는 길에 계란빵 굽는 냄새가 좋았던 것, 햇살이 밝아서 눈이 부셨는데 때마침 나무 그늘이 나타난 것.

그러면 아무리 힘들었던 날도 그럭저럭 괜찮았던 하루가 되어버린다. 조금은 아름다운 세상이 된다. 물론 여전히 나는 똥물을 뒤집어쓰고 아등바등 세상을 뒹굴고 있다. 그래도 하루의 마지막 순간, 침대에 누워서만큼은 괜찮은 하루를 살다 간다고 생각하면서 인생의 쉼표를 찍고 싶으니까.

투병 중에 친구들과 여행을 다니며 찍었던 사진을 잠들기 전에 떠올렸다. 그런 몰골로 참 해맑게도 돌아다녔구나 싶었다. 인생의 마지막 순간에는 사진처럼 지나가는 삶의 단편들이 보인다고 하는데. 그 순간에 나는 무엇을 보게 될까? 이렇게 하루하루 조금씩 노력하다 보면 나도 꽤 괜찮은 삶이었다고 말할 만한 필름들을 보게 될까.

세상은 어쩐지 블랙코미디

한때, 무언가를 간절히 원하면 온 우주가 돕는다는 말이 유행처럼 돌던 때가 있었다. 나 같은 경우는 간절히 원했지만 온 우주를 비롯한 온몸의 세포까지도 필사적으로 가로막았는데…… 방사선 치료가 끝난 다음 해에 편입학원을 등록한 날 암 재발 판정을 받았으니까. 새로운 삶을 결심하며 열심히 계획을 짰고, 학원을 등록했다. 계획 첫날, 아침 7시에 잠실나루역에서 최선을 다해서 살아보자고 동생과 다짐하며 파이팅을 한 후, 희망찬 마음으로 학원에서 오리엔테이션을 들었는데 오후에 병원에서 암이 재발했으니 입원하라는 연락을 받았다.

다시 생각해봐도 어처구니가 없다.

무슨 이런 양아치 같은 운명이 있나 싶다. 조심스레 쌓아올린 열정의 탑을 우주가 도와주기는커녕 개망나니처럼 걷어찬 후 도망갔다. 이때부터 운명과의 악연은 시작됐다. 어쩌면 나의 정신병적인 자기비하와 무기력함은 이때부터 자라나기 시작했는지도 모른다. 파울로 코엘료 씨는 하신 말을 지금 당장 해명해주기를 바란다.

며칠을 분하고 억울해서 궁상맞게 눈물도 찔끔 흘렸지만 오랜 시간 화내고 있을 성격은 못 된다. 분노도 끈기가 필요하다. 나같이 게으른 사람에게는 아무래도 무리다. 침대에 누워서 뒹굴뒹굴하는 게 너무나 좋다. 정말 최고다. 침대 밖은 어쩐지 위험하다고 생각하니까. 심지어 그것이 지긋지긋한 병원 침대일지라도. 종종 잠자는 숲속의 공주가 되는 것을 상상하곤 했다. 이 얼굴이면 찾아오는 왕자도 없어서 참 편할 텐데. 이불에 몸을 감싸고 이런저런 공상을 하는 것이 가장 좋아하는 취미생활 중 하나다.

병원에 입원하기 전에는 항상 심란했다. 앞으로 몇 주를 고생하게 될지 치가 떨리는데, 그럴 때는 하루 정도 침대에 가만히 누워서 '온전한 휴식'을 취했다. 의식처럼 차분하고 경건하게. 아무런 생각도 하지 않은 채 천장만을 멍하니 바라보면서 뇌를 쉬게 한다는 느낌으로. 그렇게 멍하니 누워있다 보면 인생 따위 아무려면 어떤가 싶어진다. 모두가 언젠간 죽는다. 당연한 이치다. 그저 나는 남들보다 조금 앞당겨질 수도 있을 뿐인 거니까. 온전한 휴식의 부작용이라면 모든 일이 허무해진다는 것. 죽을 수도 있다는 생각이 들면 세상만사가 귀찮아지는 건 어쩔 수 없다. 모든 일에 의욕이 사라진다. 사실 고백하자면 힘들고 귀찮은 항암 치료 따위는 내팽개쳐 버리고 빨리 죽어버리고 싶지만, 암은 내버려 두면 엄청 아프다고 들었다. 고통스러운 것은 싫다. 나의 게으름을 유일하게 이기는 것이 고통이다.

투병하면서도 항상 고통을 채찍 삼아 무언가 이것저것 시도하려고 했다. 무엇이든 내가 살아있다 간다는 족적을 남기고 싶었다. 아마도 DNA의 역할이겠지.

그러나 나는 귀찮음의 노예이다. 무언가 할 생각을 하면서도 가끔 고통이 없어질 때면 금세 잊어버리고 만다. 여느 때의 나처럼 어영부영하며 창밖의 나무를 멍하니 바라보거나 기억에도 남지 않는 책을 읽거나 하면서 시간을 보내게 된다. 병이 악화되면 몸을 움직일 힘도 없을 테니 지금이라도 주변 정리를 좀 해놓아야 하는데, 정말이지 귀찮아진다.

어머니는 예전부터 종종 게으름으로 초토화가 된 내 방 상태를 두고 혼내고는 하셨다.

"아름다운 사람은 머물다 간 자리도 아름다운 거야."

하지만 나는 아름답지 않은걸. 아름다워지는 건 정말이지 귀찮은 일이니까. 그러니 어머니의 충고가 먹힐 리가 없었다. 아직도 죄송하게 생각하는 부분이다.

하지만 이렇게 모든 것이 귀찮다는 듯 말하면서도 결국 살고 싶은 건 어쩔 수 없다. 본능이니까. 그래서 정말로 싫으면서도 결국 귀찮은 몸을 이끌고 꾸역꾸역 항암제를 맞고 토악질을 하고 그러면서도 또다시 병원에 찾아가는 것이다. 하루는 항암제를 맞으며 누워 있다가 옆자리에 앉아 있는 어머니께 물었다.

"엄마, 엄마는 사는 게 좋아?"

"아니."

단호하시다.

"고통 없이 죽을 수 있는 버튼이 있다면 엄마는 누르고 죽을 거야. 세상에 미련이 없단다."

어쩜…, 가끔은 소름 끼칠 정도로 엄마는 나와 닮았다. 아니 내가 엄마를 닮은 건가.

아이러니한 상황이다. 바로 옆자리 아들은 그래도 살겠다고 꾸역꾸역 병실에 누워있는데 세상에 미련이 없는 어머니가 간호하는 광경이라니.

세상은 어쩐지 우습다. 블랙코미디 같달까.

꺼져가는 조명처럼 나를 기억해줘요

　내가 병을 이기지 못하고 죽었다면 가족들은 분명 슬퍼했을 것이다. 아버지도 슬퍼했겠지. 동생도 슬퍼했을 것이다.

　동생은 바빠서 병원에 잘 찾아오지는 않았지만, 누구보다도 나를 걱정했던 사람 중 하나다. 동생이 찾아오는 날은 기뻤다. 물론 나중에는 누가 환자인지 병문안 손님인지 모를 정도로 주객이 전도되어서 내가 동생의 눈치를 살피며 안절부절 못하기는 했어도. 동생과 이야기를 하는 것은 즐거웠다. 마냥 어렸던 동생이 어느덧 나보다 더 훌륭하게 사회생활을 하는 것이 대견스러웠다. 물론 대견스러워할 만큼 도움을 준 적은 없다.

　하지만 아무래도 가장 슬퍼할 사람은 어머니일 것이다. 매일같이 울면서 살다가 지쳐 쓰러질 수도 있다. 어렸을 적 나는 많은 기대를 받는 아들이었다. 첫 자식을 만난 어머니는 기대감에 부풀었다. 이 아이를 천재로 키우리라 당찬 각오를 다졌다고 한다.

하지만 그런 어머니의 기대를 차근차근 당차게 박살내며 자라 왔다. 그렇게 가혹하게 깨부술 필요는 없었는데. 그 점에 있어서는 아직도 미안하게 생각하는 부분이다. 하지만 그 당시의 어머니는 받아들일 수 없었나 보다. 날 완전히 놓아버린 고등학교 전까지는 엄하게 자랐고 갈등도 많았다.

그런데 그 점이 마음에 많이 걸리셨던 모양이다. 가끔 날 엄하게 다룬 것에 대해 후회하곤 하신다. 어렸을 때의 사고발달에 부정적인 영향을 끼친 것 같아 미안하다고 하신다. "지금의 나라면 그러지 않았을 텐데"와 같은 말을 가끔 하시면서.

사실 그렇게 걱정할 부분은 아니라고 생각한다. 나는 그다지 섬세한 사람은 아니니까. 프로이트의 정신분석이니 에릭슨의 심리사회적 발달단계 같은 건 나와는 다른 세계의 이야기일 뿐이다. 그런 심리학을 대입하기에 나란 인간은 너무나 게으르다. 뇌도 어느 정도 상처받다가 지쳐서 그만둘 것이 분명하다. 적당히 괜찮은 가정환경에서 자라왔다고 생각했는데 어머니는 항상 미안해하신다. 항상 못 해준 부분만 기억하시나 보다. 자식을 사랑한다는 것은 이렇게 어처구니없을 정도로 불공평하다. 있는 대로 퍼주고서도 미안하다고 눈물짓는 것. 오히려 받는 사람이 그만하라고 화를 내는 것. 그것이 바로 어머니의 사랑이다. 거부할 수도 없고 반품할 수도 없으니 참 곤란하다.

어머니가 돌아가시고 난 후에 죽는 것이 내가 할 수 있는 가장 큰 효도가 아닐까 싶다. 나는 80세 정도까지 살다가 죽는 것이 가장 좋은데. 얼마 전, 어머니는 빠르게 죽고 싶다던 예전과 달리 120세까지 사는 게 좋을 것 같다고 하셨다. 궁금한 게 너무 많아서 다 둘러보고 잔뜩 사용해보다 죽고 싶다고. 정말 곤란하다.

나는 빨리 죽고 싶은데. 그리고 만약에 내가 먼저 죽는다면 나를 금세 잊어도 괜찮다고 생각했는데…. 하지만 그렇게 말하면서도 암에 걸린 후에 관심도 없던 SNS도 시작하고 그림도 그리면서 나를 남기기 위해 노력했다. 문득 내가 죽어버리면 남은 사람들이 나를 기억할 자료가 너무 없다는 생각이 들었으니까. 북쪽의 누구처럼 시신을 박제하는 정도는 아니더라도 기억만으로는 한계가 있다. 그러니까 결국, 나는 그저 꺼져가는 조명처럼 이따금 깜빡거리며 추억하고 그리워해주다 차차 희미하게 잊힌다면 만족할 것 같다.

물론 가끔씩, 그러려 해도 지워지지 않는 사람이 있다고 말할 수도 있다. 잊었다고 생각했지만, 문득 기억날 때가 있는 법이다. 식어버린 북엇국을 볼 때나, 노란색 햇빛이 비치는 방구석을 보면서, 가로등마저 외면한 구석진 골목길을 걸으면서도.

하지만 세월이 가면 저절로 잊힐 것이다. 그것이 자연스러운 거니까. 잊을 수 있다고 믿는다. 아마도.

내 비장의 무기는 아직 손 안에 있다

딱히 아픔에 정답이 있는 것은 아니지만, 아픔이 철저히 고독하단 건 아주 잘 알고 있다. 아무도 알아줄 수 없다. 어쩌면 관심조차 없을 것이다. 남의 팔다리가 잘리는 것보다 내 손톱에 박힌 가시가 더 성가신 법이니까.

아프다는 것은 철저히 혼자가 된다는 것을 의미한다. 너무 어린 나이에 이런 걸 알아버린 자신이 불쌍하기도 하지만, 이미 알아버린 이상 어쩔 수 없이 받아들일 뿐이다.

그래서 아프다는 말을 자주하지 않는다. 골수 검사를 위해 굵은 주삿바늘을 골반에 찔러 넣을 때도 소리 한 번 지르지 않았다. 알아달라고 비명을 질러도, 살살해 달라고 빌어도 나아지는 건 없으니까. 분명히 엉덩뼈에 바늘을 삽입했는데 검사가 끝난 뒤 치아가 얼얼할 정도로 이를 악물고 버텼다. 의사가 수술이 끝난 후 이렇게 독한 환자는 처음 본다고 말했는데, 골수 검사가 병원이 환자에게 줄 수 있는 최고의 고통 중 하나라는 걸 안 것은 그 직후였다.

이렇게 아픈 내색은 별로 하지 않지만, 외로운 것만은 도저히 면역이 생기지 않는다. 잘 지내다가도 갑작스런 외로움에 몸을 부르르 떨고서 끝없이 우울해지곤 한다. 특히, 어두운 남색 실크가 눈앞에 드리운 것 같은 새벽 4시의 병실 침대에서 외로움은 참을 수 없이 강렬해진다. 글도 쓰고 노래도 듣고 그림도 그려보지만, 외로운 건 어쩔 수 없다. 같이 있어 주는 사람이 있었으면 했다. '으아…, 외롭다'라는 생각이 들 때면 어느샌가 슬며시 나타나 내 손을 꼭 잡아주었으면. 어쩌면 사랑을 하고 싶은 걸지도 모른다.

하지만 내가 과연 한 사람을 만나고, 책임지고, 아프지 않게 잘 지낼 수 있는 사람인지가 의문이다. 스스로는 꽤 괜찮은 사람이라 믿지만, 세상의 모든 나쁜 놈들이 자기는 그럭저럭 괜찮은 사람이라 생각한다는 사실이 나를 주저하게 만든다.

세상에 그저 그런 사랑은 없다고 생각하지만 암 환자의 사랑은 그저 그런 것을 떠나서 불편한 일투성이다. 너무 힘든 일이다. 물론 암 환자나 신체적 장애를 가진 사람이 이를 극복하고 사랑을 이루는 경우들이 간혹 있기는 해도 그건 어느 정도 예외인 부분이고 특수한 경우이다. 그렇다고 그렇게 이루어진 사랑이 동화의 결말처럼 '오래오래 행복하게 살았더랬죠'로 끝나는

지 묻는다면 꼭 그렇다고 대답하지도 못하겠다. 저기 이웃나라의 팔다리가 없으신 '오체불만족'씨도 다섯 명의 여인과 불륜관계를 가졌다고 하니 말이다.

스스로도 챙기기 힘들어 망설이는 부분도 있다. 이 아픔을 옆에서 지켜보지 않았으면 한다. 희망을 품고 같이 힘들어하지 않았으면 좋겠다.

최근에 동생과 일본식 선술집에 간 적이 있었다. 처음에 나오는 샐러드를 본 순간 이 집을 아지트로 만들기를 동생과 다짐했다. 샐러드에 오이를 가늘게 썰어주는 섬세함이라니. 어떤 요리를 내와도 정성을 가득 담은 집이라는 것을 뜻한다. 주문한 오코노미야키 역시 훌륭했다.

"동생, 내가 불의의 사고를 당하게 된다면 생명 연장 치료 따위는 하지 마."

뜬금없이 튀어나왔다.

"알겠어, 나도 마찬가지야. 그리고 화장해줬으면 해."

뜬금없는 말에 대답해주는 동생이 고마웠다.

"오빠는 어떻게 해줘? 역시 화장인가?"

"아니, 나는 그냥 묻어줬으면 하는데. 더는 몸에 어떠한 짓도 하고 싶지 않아."

"알겠어. 꼭 땅에 묻어줄게."

동생의 답변에 갑자기 기분이 미묘해진다.

"많은 사람이 죽는 걸 봐왔잖아. 그런 사람들을 보면서 의연하게 죽는 게 참 멋있어 보이더라."

"죽으면 그냥 죽는 거지 의연하게 죽는 건 뭐야?"

물리학 석사인 동생다운 질문이다.

"어느 정도 치료를 받다 보면 의사들도 포기하는 순간이 생기거든. 별다른 진전 없이 그저 약물만 계속 투입하는 거지."

오코노미야키의 가다랑어포가 잔뜩 올라간 부분을 한입 베어 먹은 후 다시 말했다.

"그런 상황에서 기적 같은 희망을 품고 어떻게든 아등바등 버텨보려고 하는 건 의연한 죽음이 아니야. 안쓰럽기까지 하지."

"그래도 희망이 있으면 도전해보는 것도 필요하지 않아?"

"환자들에게 가장 잔인한 단어가 '희망'이야."

나는 치를 떨며 대답했다.

암 병동의 화장실 변기에는 항상 명언들이 붙어있었는데, 날 가장 화나게 했던 문구는 '내 비장의 무기는 아직 손안에 있다. 그 것은 희망이다. ─ 나폴레옹'이었다. 희망이야말로 고통스런 죽음을 만드는 원흉이다. 이 글귀를 화장실 세면대에 써 붙인 사람은 크게 아파보지 않은 사람임이 분명하다. 이따위 응원보다는 그냥 조용히 입 다물고 있는 편이 더 도와주는 것인지도 모르고.

방사선 치료 후 1년간의 평화로운 시간 끝에, 암 재발 의심 징후가 보여 입원을 했다. 조직검사 후 병실에 누워있는데 젊은 인턴 의사가 와서 여러 가지 검사를 했다. 큰 키에 여느 인턴에게서 찾아보기 힘든 다부진 몸을 가지고 있던 인턴은 병원 생활의 무감각에 찌든 교수님들과는 다르게 호탕한 면모를 가지고 있었다. 이런저런 검사를 하고 있는데 내가 불안해하는 티가 났던지 말을 걸어왔다.

"환자분 뭘 그렇게 떨려 하세요."

그쪽이야말로 뭐가 우스웠는지 호탕하게 웃으며 묻는다.

"재발할 수도 있다고 생각하니까 나도 모르게 떨리네요."

"아직 확진이 난 것도 아닌데 너무 걱정하지 마세요. 희망을 가지세요!"

아…, 나는 어렸고 의사라는 전문직이 건네는 과일은 너무 달콤했다.

"감사합니다. 안심되네요."

암은 재발했다. 그리고 희망이 내게 준 절망감은 얼마나 고통스러웠는지. 물론 인턴이 희망을 주지 않았더라도 암은 재발했을 것이고 검사의 결과는 바뀌지 않았으리라는 것도 잘 안다. 하지만 나도 모르게 그 인턴을 원망하고 있는 자신을 바라보는 것은 생각보다 훨씬 더 찌질하고 고통스럽다. 아무래도 찌질하면서 고통스러운 것보다는 단순히 고통스러운 게 그나마 견딜

만하니까.

쓰고 나니 나란 사람이 참 삐뚤어져 보이지만, 그만큼 병원 생활이 고통스러웠기 때문이라고 이해해주었으면 한다. 너무 고통스러워서 약에 취해 눈이 감길 때면 '아…, 이 정도로 아프니까 오늘밤에는 결국 죽겠구나. 아무렴, 몸이 이런 고통을 견딜 리가 없지. 안녕 세상아. 안녕 어머니'라는 생각을 하다가 '아차. 마지막으로 세상에 남긴 말이 간호사에게 건넨 〈아니요, 이틀째 똥을 못 눴어요〉 따위로 인생이 끝나는 건 아무래도 부끄러운데. 아 이제 그런 부끄러움 따위는 상관없으려나' 같은 생각을 번갈아하며 잠들었지만, 다음 날 아침이면 어김없이 눈이 떠지곤 했다.

이렇게 아플 바에야 빨리 죽어버리고 싶은데 절대 죽어지지는 않는다. 젠장. 아무리 죽을 의욕이 넘쳐도 몸은 아직 팔팔한 20대이다. 암에 걸린 몸이지만 튼튼하다. 미묘하다. 정말이지 주인을 닮아서 엉성하고 짜증나게 하는 애매한 몸이다.

사는 것이 못 견디게 지겨웠다. 지독하게 재미없는 영화의 엔딩 크레디트를 기다리는 느낌으로. 하루에도 몇 번씩 죽을 궁리만 했다. 하루는 공기를 주입해서 수백 명을 죽인 미국의 사이코패스 간호사에 관한 글을 읽고서, 간호사가 주사를 놓을 때마다 '설마? 혹시?' 하는 기대를 품곤 했다. 그렇게 죽고 싶었어도 자살할 용기 따위는 없었다. 아픈 것이 싫어서 죽고 싶었는데 자살을 하기 위해서는 어쩔 수 없이 아파야 한다. 그건 좀 아이러니하다.

자살도 용기가 있어야 한다.

많은 사람이 고통을 견딘 나에게 수고했다고 말하지만, 사실은 별것 없다. 단지 자살할 용기가 없었기 때문에 자연사하기를 기다리고 기다리다 나도 모르게 살아버린 것이다.

그저 하루하루 아프다 보니 어느새, 아무 일도 일어나지 않는 평화롭고 조용한 일상으로 되돌아와 있었다. 어쩌면 삶도 병원 생활과 같을 수 있다. 대단한 사건 없이 그저 하루하루 끈적끈적하게 버티어 나가다 보면, 문득 조용히 성장해버린 자신을 발견하게 되는.

그녀가 분에 못 이겨 소리를 빽 하고 질렀다.

카페는 순간 조용해졌다. 그때 알게 됐다.

그녀는 내가 하는 말을 모두 이해하고 있었다.

물론 나도 그녀의 말을 다 이해하고 있고.

우리는 서로의 말을 이해한다.

단지, 서로 동의하지 않고 있을 뿐이다.

아니, 내 말은 그게 아니라

　오늘은 그녀를 만나기로 한 날이다. 바깥 날씨는 더없이 맑다. 어제는 온종일 비가 왔었는데… 슬슬 끝나가는 여름이 서럽다는 듯, 온 세상이 먹구름을 잔뜩 구기며 울던 것이 마치 꿈인 것처럼 비가 온 뒤는 언제나 거짓말같이 화창하다. 지금 나의 고통스러운 시간도 그저 모든 것이 꿈인 듯 맑아졌으면…….

　간단한 샤워를 마치고 애벌레 허물처럼 벗어놓은 옷을 대충 털어 챙겨 입고서 거울로 한 번 쓱 훑어보았다. 약물로 빠져버린 머리가 반질반질하다. '머리에도 로션을 발라주어야 하나' 하고 잠시 생각하다가 이런 고민이 어쩐지 멋쩍어서 한 번 피식 웃고서는 모자를 푹 눌러쓰고 집 밖으로 나갔다.

　사실 그녀와 언성이 높아질 것을 짐작은 하고 있었다. 그녀의 메시지에는 꾹꾹 눌러 담은 서운함이 가득했고 나는 그런 감정을 눈치 못 챌 만큼 둔한 사람이 아니니까. 그러면서도 '어쩌면 내가 오해하고 있는 걸 수도 있어' 혹은 '내가 항암 약물을 많이 맞아서 과민 반응하고 있는 걸지도 몰라' 따위의 어처구니없는 변명들로 불안함을 애써 떨쳐내려 한 것은 내가 그만큼 사람과의 만남을 기대하고 있다는 뜻이겠지.

카페에서 기다리는 그녀의 얼굴에는 역시나 심술이 잔뜩 끼어있다. 어제의 먹구름을 그녀가 다 들이마신 건 아닐까 싶을 정도로 우중충한 표정이 벌써부터 날 무기력하게 한다.

불안한 예감은 항상 빗나가지 않는다.

나는 한여름에도 김이 모락모락 피어오르는 핫초코를 시키고서, 아직도 어떤 용도로 쓰는지 모르겠는 플라스틱 막대로 음료를 휘휘 젓고 있었다. 그녀는 팔짱을 낀 채로 도톰한 입술을 앙다물어 얇게 만들고선 나를 쏘아본다.

나에게 화를 내는 여자들은 항상 팔짱을 끼고 있었다.

나는 그 행동이 웅크리고 있으니까 어서 와서 나를 안아 달라는 뜻인지, 아니면 교차한 팔의 틈만큼도 너에게 마음을 주지 않겠다는 표현인지 도무지 알 수가 없었다. 다만 한 가지 확실한 사실은 팔짱을 낀 여자들이 나에게 호의적이지 않다는 것. 그리고 내가 그들에게 분명히 어떤 잘못을 했다는 것뿐.

불편한 침묵을 깨는 건 언제나 상대방이다. 나는 불편한 고요 속에서 편안함을 느끼는 사람이니까.

"야!"

경기 시작을 알리는 휘슬처럼 시작된 그녀의 분노와 비난, 떠보기와 서러움들이 끊임없이 이어졌지만 결국 요약해보면

1. 연락을 자주 하지 않는다는 것
2. 자기도 다른 연인들처럼 놀러 다니고 싶다는 것
3. 우리의 미래가 너무 불안하다는 것

이 세 가지로 정리할 수 있었다. 나는 나름대로 최선을 다해서 대답했다. 정말 사력을 다해서 기운이 날 때마다 연락하고 있고, 만약 하루를 놀러 갔다 오면 일주일을 고생, 최악의 상황에는 합병증이 생길 수도 있으므로 환자의 입장으로서 도저히 불가능하다는 것. 그리고 미래는 지금 걱정한다고 해서 당장 어찌할 수 없으니까 현재에 집중하자고.

마치 대화로 테니스를 치는 것처럼 둘 다 한 치의 양보도 없이 랠리를 이어나간다. 공을 따라 눈알을 좌우로 굴리는 카페 안의 관람객들에게 신경 쓸 여유 따위는 없다. 나는 그녀가 나의 입장을 잘 이해하지 못한 것이라고 생각했다. 어찌 되었든 서로 사랑하고 있으니까. 내가 잘 설명하기만 하면 그녀도 이해해줄 것이라고 믿고서 열심히 되받아쳤다.

"아니!!! 네가 이해가 안 되나 본데!!"

그녀가 분에 못 이겨 소리를 **빽** 하고 질렀다. 카페는 순간 조용해졌다. 그때 알게 됐다. 그녀는 내가 하는 말을 모두 이해하고 있었다. 물론 나도 그녀의 말을 다 이해하고 있고. 우리는 서로의 말을 이해한다. 단지, 서로 동의하지 않고 있을 뿐이다.

물론 우리가 효과적인 의사소통을 못 하고 있다는 뜻은 아니다. 우린 전략적으로 대화하고 있었다. 단지 동의하지 않을 뿐. 우리는 종종 대화한다는 것, '좋은 대화'라는 것을 상대방의 동의를 받아내는 것으로 착각한다.

"어휴…, 네가 몰라서 그러는데."

"아니…, 그게 아니라."

우리가 상대방을 설득하면서 자주 쓰는 후렴구지만 사실 그들은 알고 있다. 어쩌면 당신이 생각하는 것보다 더 정확하게. 슬프면서도 단순한 사실은 그저 당신의 의견에 마음을 쓰지 않는다는 것. 가장 본질적이고 지독한 문제는 바로 그것이다.

결국, 그녀는 자리를 박차고 나가버렸다. 그리고 나는 이해한다. 결코 그녀의 잘못이 아니다. 물론 나의 잘못도 아니다. 각자의 상황에서 서로를 받아들이지 못할 뿐이다. 딱 그만큼의 사랑일 뿐이다.

'암 환자가 무슨 사랑이야……'

한 입도 마시지 않은 다 식어버린 코코아를 일회용 스틱으로 휘휘 저으며 변명하듯 생각했다.

암 환자로 살아가는 인생은 마치

'아포가토'의 마음가짐으로 살아가는 것과 같다고 느꼈다.

아이스크림처럼 마냥 달달한 상황은 당연히 아니지만,

그렇다고 에스프레소처럼 씁쓸하기만 한 인생을

살아가냐고 묻는다면 또 그렇게 한없이

슬프기만 한 것도 아니었다.

아포가토의 마음가짐

어느 영화에서 한 조폭 이인자가 죽기 전 이런 말을 했다.

"거 죽기 딱 좋은 날씨다⋯⋯."

죽기 좋은 날씨가 어떤지는 실제로 죽어본 적이 없기에 알수 없지만, 개인적으로 죽기 좋은 시간대를 고르라면 1월의 오후 5시 반 정도가 적당하다고 생각한다. 낮과 밤이 수채화 물감처럼 병치되는 모호한 시간이라고 할 수 있다. 나의 투병생활처럼 애매한 밝기로 세상이 덮이는 시간이기도 하고. 그야말로 죽기에 딱 적합한 순간인 것 같다.

투병생활을 하면서 '살아간다는 것'과 '죽어간다는 것'이 이렇게나 애매하게 섞여있을 수도 있음을 느꼈다. 심장은 꾸준히 살아가는 중이지만, 암 환자가 된 순간 나는 동시에 '죽어가는 사람'이기도 했다. 암 환자로 살아가는 인생은 마치 '아포가토'의 마음가짐으로 살아가는 것과 같다고 느꼈다. 아이스크림처럼 마냥 달달한 상황은 당연히 아니지만, 그렇다고 에스프레소처럼 씁쓸하기만 한 인생을 살아가느냐고 묻는다면 또 그렇게 한없이 슬프기만 한 것도 아니었다. 달달함과 씁쓸함의 경계에 있는 애매모호한 인생이라고나 할까.

덕분에 내 삶의 존재 이유에 대해 조금은 빠르고 진지하게 성찰해볼 수 있었던 것은 감사한 일이었다. 물론 함께해서 더러웠고 두 번 다시 만나지 않기를 바라지만, 그럭저럭 감사했다 말하고 싶다.

어두운 밤하늘 같은 운명에 행복이 별처럼 작지만, 촘촘히 박혀 있었던 투병생활이었다. 그래서 개인적으로는, 암에 걸렸다고 세상 끝났다는 듯이 눈물만 흘리기엔 어쩐지 부끄러운 마음이 드는 것도 사실이었다. 나보다 훨씬 힘들고 어렵게 투병하는 사람도 얼마든지 많았다. 암은 불치병과는 다르게 그나마 치료 가능성이 있는 병이기도 했고.

정말 수많은 사람이 암에 걸린다.

암 병동에 있던 어느 할아버지께서 문병을 온 친구에게 "허허! 내 나이 정도 되면 암에 걸리는 건 감기에 걸렸다고 말하는 것과 같지"라는 농담을 주고받는 것도 들었을 정도니까. 물론 암을 감기 취급하며 아스피린을 먹고 푹 잠들었다가는 영원히 잠들어 버릴 수도 있겠지만. 어쨌든.

암 병동에서 알게 된 또 다른 한 가지는, 환자들이 저마다 자신의 불행의 크기를 측정하고 누가 더 불행한지 대결한다는 것이다. 심지어 자신이 더 불행하다고 확정 지어지면 마치 대결에서 승리한 사람처럼 은근히 뿌듯해하는 경향도 보였다. 사실 나 같은 경우는 젊은 나이에 생존 확률이 낮은 혈액암에 걸린, 그들의 불행력(?) 리그에서 본다면 꽤 좋은 스펙의 환자였는데, 어쩌다 가끔 병에 대해 이야기할 기회가 오면 그들은 "그래도 나는" 혹은 "나는 심지어"와 같은 말들을 붙여가면서 자신의 불행을 본의 아니게 비하하는 나를 상대로 열렬히 본인의 불행한 처지를 방어하곤 했다.

자신에게 닥친 거대한 불행들을 곱씹으며 은밀한 자부심마저 느끼는 행동은 나로선 전혀 이해할 수 없는 부분이었다. 그 당시의 나에게, 병의 진행도가 어떤지 혹은 과연 나을 수 있는지에 대한 고민은 아주 가끔가다 몰려오는 과제 같은 느낌의 불행이었다면 정작 내가 현실적으로 꾸준하게 신경 쓰며 느끼는 고통과 고민은 '환자용 영양제가 왜 커피 맛과 바닐라 맛뿐일까? 딸기 맛이나 초콜릿 맛이 있었다면 더 괜찮았을지도 몰라'와 같은 약간 어처구니없는 것들뿐이었다. 하지만 항암 치료로 입안이 갈가리 찢겨 매일같이 먹을 수 있는 것이라곤 영양제뿐인 상황에선 어떻게든 들이켜야 하는 그 영양제의 맛이 나에게는 가장 중요하고도 핵심적인 고민이었다(참고로 커피 맛이 가장 먹을 만했다).

그들의 불행한 상황에 대한 은밀한 자존심을 이해할 수는 없지만, 그렇다고 비판할 생각도 없다. 그분들도 나의 고민을 철없다 생각할 수 있다. 누구나 자신의 불행을 선택할 자유 정도는 가지고 있으니까. 나 하나 챙기기도 벅찬 세상이다. 다른 사람이 어떤 삶을 살든 나는 자신에게만 충실하면 그만이다.

그런데 병상에서 생각해보니 나는 유독 타인의 시선을 꽤나 신경 쓰며 살아왔던 것 같다. 왜 그랬는지 모르겠다. 그러니까 내 말은, 남성에게도 비키니를 입을 권리를 달라며 일인시위를 하거나 비행기에서 만취해 진상짓을 하겠다는 말이 아니고 적어도 "이인분 같은 일인분 주세요!"라고 외치는 친구나 "너무 비싸다. 조금만 깎아주세요"라고 말하는 어머니를 바라보며 '으…, 난 아마 저런 말은 평생 못할 거야'라며 부끄러워할 필요까진 없었다는 거다.

인생은 역시 '개쌍마이웨이'니까. 범죄를 저지르지 않는 선에서라면 기분 내키는 대로 할 말 하면서 사는 게 삶의 마지막 순간에 그나마 덜 억울할 것 같다. 최소한 나처럼 아파서 정신이 오락가락한 틈에도 '아…, 솔직히 그때 그 시장 아주머니 너무 비싸게 팔기는 했어'라는 멋없는 생각들이 떠오를 일은 없으니까.

안전하게 넘어지는 법

병원에서 생활하며, 내가 생활하는 모든 것들이 다 돈으로 환산된다는 사실을 뼈저리게 느꼈다. 머무는 병실부터 매일매일 찍어대는 흉부 엑스레이, 압박붕대와 의료용 식염수, 심지어는 친절하게 미소 짓는 간호사분의 미소까지 전부가 돈으로 환산된다. 하루하루가 돈이다. 그러니까 다들 그렇게 마음이 찢기고 상처받으면서도 꾹 참고 직장에 다니겠지.

그러다 보니 언제부턴가 돈이면 무엇이든 괜찮은 세상이 되어버렸다. 돈 때문에 사람도 팔고, 속이고, 사랑하고, 심지어 죽이기까지 하는 그런 곳으로. 언제부터 이렇게 되어버린 걸까? 분명 바닥에 떨어진 사과 한 알, 고기 한 덩어리에 행복했던 역사도 있었을 텐데. 사회주의를 지향하는 것도 아니고 혼자 고고한 척할 생각도 전혀 없지만, 병실에 누워서 정신이 오락가락할 정도로 힘들었을 때는 약간의 회의감이 들었던 것 또한 사실이다.

겨우 이런 식으로 허무하게 죽을 수도 있다는 것을 알았다면 궁상이라도 떨지 말걸. 대형 브랜드의 사천 원짜리 가쓰오부시 우동과 천 원짜리 '아빠표 우동' 사이에서 15분 동안 세상 심각하게 고민했을까? 그 돈 삼천 원 아긴답시고 '식사란 건 결국 생명유지를 위한 수단 아닐까?' 같은 근원적 물음까지 던졌던 것을 생각하면 부끄러워 얼굴이 붉어지곤 했다. 있으면 쓰고 없으면 아끼면 될 일이었는데. 예전에 야외주차장을 가로질러 가다 넘어져 버린 일이 있었다. 어두컴컴한 밤이었는데 검은색 주차블럭을 알아차리지 못해 걸려 넘어졌다. 두 팔을 쭉 뻗고서 앞으로 데굴데굴 굴러버렸다. 정말이지 호쾌하게 자빠져서 지나가던 뒷사람이 괜찮은지 물어올 정도였다. 아픔보다 먼저 찾아온 부끄러움 때문에 벌떡 일어나 괜찮다고 말한 뒤 떠나가는 사람을 뒤로 한 채 손에 묻은 흙먼지를 툭툭 털어내며 생각했다.

'손부터 넘어져서 다행이야, 만약 뭐라도 들고 있었다면 얼굴부터 그대로 박아버렸겠는걸……'

양손이 비어있다면 넘어지더라도 크게 상처받는 일은 없을 것이다. 인생에서도 마찬가지겠지. 그래서 요즘은 예전 병실에서의 다짐처럼 궁상떨며 살아가지 않으면서 그렇다고 욕심 많은 표정으로 양손 가득 움켜쥐며 살지도 않으려 노력한다. 그래야만 혹여 넘어지는 일이 있더라도 크게 다치는 일 없이 손을 툭툭 털고서 일어날 수 있을 테니까. 뭐든지 '적당히'가 좋은 법이다.

무관심이 때로는 위로가 된다

투병 중 결국, 집에서 키우던 비글을 큰이모에게 맡기게 되었다. 펄럭거리는 큰 귀가 매력적이다. 말티즈를 키우자는 가족들의 반대를 꿋꿋하게 견디며 주인에게 돈을 쥐어주고 납치하듯 데리고 왔다.

'개는 이래야지'라는 느낌이 들어서 좋았다. 막 지어야 오래 산다기에 '비글이'란 이름도 내가 붙였다. 눈치를 보는 성격이라서 결국 가족들이 '비굴이'로 개명하기는 했지만.

하지만 몇 년 후 암에 걸리고 집에서 키우기에는 개털이 너무 날려서 항암으로 면역력이 떨어진 나와 살기에는 도저히 무리였다. 그래서 결국 큰이모네 집에 맡기게 되었다. 큰이모에게는 미안한 마음뿐이다. 당연하다는 듯 항상 신세만 질뿐이다. 고작 몸이 아픈 조카일 뿐인데. 모두에게 폐를 끼치며 살아간다. 정말 갚아야 할 것 천지다.

투병 생활 중 오랜만에 큰이모에게 맡긴 비글이를 보러 갔다. 비글이는 햇볕이 잘 드는 마당에서 자기 몸만 한 뼈를 장난감처럼 물고 있었다. 사치스러워…, 나는 살면서 내 몸만한 고기 뼈다귀를 뜯어볼 날이 있을까. 아마도 없을 것이다. 갑작스레 내 인생이 보잘것없어 보였다.

실제로도 볼품없었는데, 그때의 내 몸은 이미 망가질 대로 망가져 있었다. 대머리에다 코는 사라지고 팔뚝에는 수많은 주삿바늘로 팔이 멍투성이였다. 내 모습을 보면 모두가 동정해 마지않았다. 내 상황을 불행하다고 믿는 것을 당연하게 여긴다. 언제부턴가 나도 자연스레 자신을 동정하고 있었다.

그런데 이 강아지는 도무지 나를 동정하지 않는다. 심지어 관심조차 없다. 그저 눈앞에 있는 뼈다귀가 전 주인보다 중요하다. 그런 강아지를 보고 있자니 갑자기 눈물이 핑 돌았다. '비글이'가 주는 무관심이 위로가 되는 것이 놀라웠다. 아마도 내게 정말 필요한 건 이런 무관심이었을지도 모른다.

어떤 사람도, 상황도 온전히 알 수 없다. 섣불리 평가할 수 없다. 간섭할 수도 없다. 좋아하는 사람이라면 따뜻한 무관심으로 단지 묵묵히 지켜봐 줄 때도 필요하다. 어떤 말도 하지 않는 것이 어떠한 위로보다 편할 때가 있으니까. 그저 내가 받은 위안처럼 누군가도 편안해지길 기다릴 뿐.

'비굴이'는 참 개답지 않았다. 그러니까 평소에 스테레오 타입으로 알고 있던 충직함, 명랑함, 바지런함과는 많이 동떨어진 편이었다. 게으르고, 주인 따위 밥만 챙겨준다면야 안중에도 없고, 괴한이 들이닥친다면 언제든지 주인을 버리고 도망칠 준비가 되어있는 타입이랄까.

겁은 또 어찌 그리 많은지. 가끔 '비굴이'를 데리고 산책하러 다닐 때면 개 주인들 간의 묘한 신경전 비슷한 것을 느낄 때가 있었다. 누구의 개가 더 이빨을 드러내며 공격적인가, 더 당당하게 상대의 개를 압도하는가가 곧 개 주인들의 알 수 없는 자존심으로 이어지는 것 같은 그런 느낌.

물론 겉으로야 "어허! 똘똘아! 그러지 마! 왜 그래" 혹은 "죄송해요…. 저희 개가 좀 당돌해서요" 같은 형식적인 말들을 주고받겠지만, 자신의 개가 이긴 듯한 느낌이 들면 은근히 솟아오르는 뿌듯함에 집으로 돌아가 마치 투계에게 고추장을 먹이듯 개껌이라도 하나 챙겨줄지 모를 일이다.

하지만 '비굴이'와의 산책길은 언제나 학부모 모임에 참석한 전교 꼴등 자식을 둔 어머니처럼 주눅 들곤 했다. 견종이나 크기에 상관없이 산책 나온 모든 개를 마주칠 때마다 꼬리를 엉덩이 아래로 말고서 구석으로 숨어대는 통에 정상적인 산책을 하기 힘들 정도였다. 또 그런 주제에 사람은 얼마나 좋아하는지 낯선 사람이 손만 흔들어도 꼬리와 엉덩이를 좌우로 격렬하게 휘두르며 목줄을 팽팽하게 할 정도로 달려가는 바람에 곤란했던 적이 한두 번이 아니다.

물론 이것저것 가리지 않고 물어대는 것보다야 낫다. 하지만 말티즈나 치와와에게조차 꼬리를 말며 부들부들 떨고 있는, 뇌까지 근육일 것 같은 15킬로그램의 다부진 사냥개를 안고 돌아오는 길에 느껴지던 그 미묘한 패배감이란.

항암치료가 끝을 알 수 없이 길어지면서 '비굴이'는 결국 이모네에서 아버지의 지인분이 운영하시는 공장의 앞마당으로 쫓겨나듯 보내졌다.

"비굴이는 친구 공장에 있는 앞마당으로 보냈다. 얼마 전에 가봤는데 좋은 곳이더라."

병실의 침대에 누워있을 때, 아버지에게 지나가듯 들었던 마지막 소식은 몇 년이 지난 지금도 날 욱신거리게 한다. 처음으로 무언가를 떠나보내는 경험이었다. 나는 언제든 떠날 준비를 해야 하는 사람이었고, 그래서 헤어지는 것에 대체로 의연한 사람이라고 생각했는데. 떠나는 자보다 떠나보내는 사람의 슬픔이 훨씬 괴롭고, 지독하고, 아려온다는 걸 느꼈다. 그것은 마치 마음에 새겨진 주홍글씨처럼 쉽사리 지워지지 않는 낙인으로 남아버린다.

부디 나와의 이별은 낙인보단 상처처럼 남았으면 하는

데…. 시간이 지나고 세월이 흐르면 점점 아물어가고 사라져 가는 그런 기억이었으면 좋겠는데. 만약 내가 떠난다면, 남아있어야 할 모든 것들에게 미안한 마음뿐이다.

실험실 생쥐의 분노

실험실의 생쥐 같은 이런 투병 생활이 계속되면 사람이 제정신이 아니게 되어버린다. 갑자기 하루는 '이제 조금만 있으면 영락없이 죽어버리겠구나'라는 생각이 온 정신을 지배했다. 5차 항암 치료를 끝내고 집에서 일주일 동안 쉬고 있을 때였는데, 힘든 와중에 옷을 주섬주섬 걸쳐 입고 무작정 밖으로 나갔다.

가을바람이 차가워서 집으로 다시 들어갈까 싶었지만 이미 곧 죽을 것이라고 단정 지어버린 마당에 두려울 건 없었다. 지금 와서 생각해보면 왜 그런 궁상을 떨었는지 모르겠다. 하지만 당시에는 절박했으니까.

한 발 한 발 내딛다 보니 어느새 어릴 때 살던 아파트에 도착해 있었다. 20년 전의 나는 지금 서 있는 이 공간에서 행복하게 살고 있었다. 지금의 나도 그때처럼 행복하게 살고 싶은데…. 너무나 간절해서 어떨 때에는 행복하지 못한 나 자신에게 분노하고 절망하기도 한다. 하지만 나는 아직까지, 도대체 어떻게 해야 행복하게 살 수 있는지 도저히 모르겠다. 정말로 알 수가 없다.

이곳은 여전히 차들로 가득했다. 아파트의 도로가 차들로 구겨져 있는 것 같은 느낌을 준다. 이 아파트에 살 때 아버지는 검은색 사각 그랜저를 몰고 계셨다. 그 당시에도 이미 꽤 구식에 창문도 수동으로 열어야 했지만 어렸을 때는 아버지의 그 직각 그랜저가 굉장히 멋져 보였다. 부자가 된 것 같아서 우쭐했달까. 지금 와서 다시 그때를 떠올려 보면 나 자신이 우습다. 사각 그랜저에 우쭐해 하는 초등학생이라니. 부유함이 주는 자신감은 이렇게나 유치하다.

이런저런 추억들을 생각하며 계속 걷다 보니 관호의 집이 나왔다. 친구는 나와 같은 공간에서 자라 왔다. 같은 동네에서 같은 초, 중, 고, 대학을 다녔다.

나는 스무 살 때 검은색 스쿠터를 몰고 다녔는데 그 친구와 수업 시간이 겹치는 날은 항상 친구를 픽업해서 갔다. 기다리는 걸 싫어해서 음식점에 줄이 조금만 있어도 금세 포기해버리는 친군데 정작 본인은 항상 약속시간에 늦게 나왔다.

지금 서 있는 이 자리에서 인사처럼 욕을 하고 같이 담배를 한 대 피운 후 부랴부랴 학교로 갔었다. 그 시간이 영원할 것 같았는데 그 친구는 미국에 가있고 나는 온몸의 털이 빠진 58킬로

그램의 초라한 몰골로 이 자리에서 그때를 추억하고 있다.

이제는 더 이상 그때처럼 행복할 수 없겠지. 분하고 억울해져서 이를 부득부득 갈았다. 길 한가운데 우두커니 서서 눈가에 핏줄을 세우고 얼굴이 벌게져서는 주먹을 꽉 쥐고 눈물을 흘렸다. 내 눈, 그리고 마음도, 마치 폭우 속을 달리던 아버지의 사각 그랜저처럼 흐릿해진다.

나는 결여되어 있다. 틱 장애처럼 문득문득 주체할 수 없이 터져 나오는 이런 분노를 참을 수가 없었다. 오랜 투병생활로 정신마저 병들었다. 이제는 더 이상 감추기가 힘들어져 버렸다. 나는 결국 나에게 문제가 있다는 것을 인정하게 됐다. 아니, 인정할 수밖에 없었다.

남들보다 몇 년은 뒤처진 삶이 되어버렸지만,

마음은 오히려 더 여유로워져 버렸다. 적당히 늦었을 때는

조바심도 들고 인생 다 끝났다는 듯이 안절부절 못했지만,

내가 통제할 수 없을 정도로 늦어버리니

오히려 느긋해졌다고 해야 하나.

지구를 위협하는 악당은 항상 영어를 쓴다

할리우드 재난 영화를 본 적이 있다. 정확한 제목은 기억나지 않지만, 역시나 악당에 의해 세계는 위기에 빠진다. 그리고 어김없이 미국만을 바라보는 지구를 위해 영어를 쓰는 백인 남성이 악당과 싸운다는 그런 내용이었던 것 같다. 항상 그런 식이다. 악당이 중국 사람이든 아프리카인이든 심지어 외계 생명체라도 모두가 영어를 쓴다. 뭐 지구인 입장에선 편한 일이기는 하지.

잘생긴 주인공이 이리 뛰고 저리 뛰며 고군분투하는 모습을 팝콘과 제로콜라를 옆에 낀 채 비스듬히 누워 멍하니 보고 있자니 문득 미안해졌다. 비록 지구는 아니더라도 나라를 지키는 군인이라든지 소방관, 경찰관, 가까이는 나의 부모님 덕택에 이렇게 빈둥거리며 영화라도 볼 수 있는 거니까.

어쩐지 나를 제외한 많은 사람에게는 각자 주어진 기대가 있고, 다들 부담감 속에서 치열하게 살아가는 것만 같다. 그에 비해 나에게는 그저 '살아만 다오'라고 말해주니 얼마나 다행인지 모른다. 물론 할리우드 영화 속 주인공처럼 임무(?)가 실패한다면 죽어야 하는 건 마찬가지지만, 나 같은 경우는 혼자 죽어버리면 그만이니 부담은 적다. 그리고 앞으로 내가 시험에 탈락하든 취직을 못 하고 있든 결혼을 못 하든 어떠한 도전을 하고 실패할 상황이 닥치더라도 "이 세상의 운명이 너에게 달렸어, 제임스"라는 끔찍한 말 따위 들을 일이 없다는 것은 참 다행스러운 일이다.

사실 그런 식으로 살다 보면 인생에 그렇게 힘든 일 따위는 없는 것처럼 느껴질 때가 있다. 남들보다 몇 년은 뒤처진 삶이 되어버렸지만, 마음은 오히려 더 여유로워져 버렸다. 적당히 늦었을 때는 조바심도 들고 인생 다 끝났다는 듯이 안절부절 못했지만, 내가 통제할 수 없을 정도로 늦어버리니 오히려 느긋해졌다고 해야 하나. 오히려 느릿느릿 걸으면서 주변의 풍경도 살펴보고, 사람들도 챙기면서, 하고 싶은 것을 하며 살려 하고 있다.

언제부터 이런 인간이 된 걸까. 이런 남자는 사랑받을 수 없을 텐데. 가끔은 나 자신이 참 지랄 맞다는 생각이 든다. 하지만 어쩔 수 없다. 이렇게 되어버린 걸. 다른 사람이 코웃음을 치든 모두에게 질척거리든 간에 나는 하고 싶은 것은 하고 할 말은 해야 하는 사람이 되어버렸다.

그래서 결국 5차 치료가 끝나고 난 후, 항암을 그만두었다. 어머니는 항암제가 오히려 사람을 죽이는 것이라며 자연요법으로 치료하자고 하셨지만, 사실 나는 자연요법이든 뭐든 상관없었다. 그저 지금 당장 항암 치료를 그만두면 만족했다. 난 마음먹은 일은 꼭 해야만 하는 성격이 되어버렸으니까.

오른쪽 가슴에 박혀있는 케모포트(몸에 심는 항암 주사기)를 제거하고 나니 후련했다. 새장을 벗어난 새가 된 느낌이다. 수소문 끝에 의왕시 백운호수 근처에 있는 지인의 셋방에서 머물기로 했다.

생각을 그만둔 사람의 하루

5차 치료를 마치고 더 이상은 병원에 가지 않기로 했다. 암은 여전히 남아 있었지만, 치료를 받고 싶은 마음이 조금도 남아 있지 않았다. 지금 와서 떠올려보면 그 당시의 나는 깔끔하게 미쳐있었다. 너무나 완벽하게 정신이 나가버린 바람에 치료를 그만두는 일이 왜 합당하지 않은지 나 자신을 설득할 수가 없었다. 한 치의 망설임도 없이 너무나 또렷한 눈빛으로 치료를 중단하겠다고 말하는 통에 의사고 친구고 "그래도 완벽하게 치료를 마무리 지어야 하지 않겠니?"와 같은 정상적인 의견을 말할 엄두를 못 냈다. 정신병자의 주장을 논리적으로 설득하거나 반박하려는 시도는 헛되다. 오히려 조커의 정신과 의사였던 할리퀸처럼 비정상적인 오라(Aura)에 동조되고 세뇌되어버린다. 그 당시를 생각해보면 '나의 행동에 딴죽을 걸었다가는 다 죽여 버리겠다'와 비슷한 느낌의 눈빛을 가지고 살았던 것 같다. 그리고 의

사와 친구 모두가 그 눈빛에 최면이 걸려버렸달까.

가슴 안에 심겨 있던 혈관 주사기도 제거했다. 영화 '매트릭스' 1편에서 네오의 배꼽에 박혀있는 위치추적기를 뽑아내는 것 같이 호쾌하게 뽑아버렸다. 솔직히 말하자면 그 순간 아차 싶었지만, 이제 더는 돌이킬 수 없었다.

의왕시에서 머물렀던 집은 백운호수와 바라산 사이에 있었다. 집 앞에는 갈대밭이 있었는데 해질녘이면 황금빛과 오렌지색, 진한 초록색이 뒤섞이면서 하늘과 지면의 경계가 모호해지는 아름다운 곳이었다. 불만인 점은 아름다운 호수 주변이 온통 음식점들뿐이었다는 것. 점심시간만 되면 전국의 외제차가 이곳으로 모이는 것 같았다. 일부 돈 많고 시간 많은 사람들이 온갖 비싸 보이는 것들로 자신을 화려하게 치장하고 삼삼오오 떼 지어 몰려다니며 쓰레기를 버리고, 시끄럽게 소리 지르며 호수 주변을 뒤덮었다. 모양새가 철을 따라 이동하는 청둥오리 같았다. 중년의 남녀도 간혹 보였는데 열에 아홉은 불륜커플이었다. "저 나이의 부부치고는 너무 불타오르는데?" 싶은 생각이 들면 대부분이 부적절한 관계였다. 아무리 긍정적인 방향으로 설명해보려 하지만, 너무 끈적거린다. 뒤엉켜있다. 보통의 중년 부부는 대체로 그러지 않으니까.

이런 부분만 빼면 호수는 대체로 평화로웠다.

생각을 그만둔 사람의 하루는 단순하다. 저절로 눈이 떠지는 늦은 점심에 일어나 집 앞의 산길을 가볍게 산책하며, 밤나무에서 떨어진 밤들을 뒤적거리는 것이 가장 중요한 일과 중 하나였다. 하루 대부분을 주변의 동네를 산책하면서 지냈다. 높은 건물이 없어서 어디를 둘러봐도 하늘이 보이는 것이 좋다. 철판지붕으로 된 집들은 하나같이 오래되어서 녹이 슬어 금이 가있고, 그 자리에는 넝쿨이 뒤덮여있었다. 장작을 때워서 굴뚝으로 연기가 피어오르는 집도 있었다. 마치 그 공간만 시간이 멈춘 것 같았다.

어느 날부터는 마을을 산책하는데 어린 황구 한 마리가 항상 내 뒤를 졸졸 따라왔다. 꼬리가 짧고 귀가 축 처진 것이 영락없는 잡종이다. 잡종은 어릴 때는 하염없이 귀여운데 커서 어떤 모습이 될지 도무지 감을 잡을 수 없다. 내가 빠른 걸음으로 걸으면 신나서 쫓아 달려오다가도 걸음을 멈추고 손을 내밀면 정색하며 거리를 유지했다. 친해지고 싶어서 소시지 하나를 들고 갔는데 나 따위에게 더는 흥미가 없었는지 그 후로는 영영 본 적이 없다.

이곳은 모든 것이 밝은 갈색과 황금색으로 뒤덮여있다. 눈이 부시다. 갈대도 노을도 나를 뒤쫓아 오는 강아지도 같은 색으로 서로가 뒤섞여 있었다. 어느샌가 매일 밟는 산길의 흙조차도 황금색으로 빛나고 있었다. 모두가 같은 색으로 뒤엉켜 빛나고 있는데 나 혼자만 뚝 떨어진 섬 같은 회색빛이란 생각이 들었다.
그곳에선 나 혼자만 회색빛 사람이었다.

추억은 꽃잎이 되어 흩날리고

영하라는 친구가 자주 놀러 와 주었다. 곧 군대에 가니까 할 일이 없어서 온다고는 하지만 무척이나 고마운 일이다. 아프고 난 후로 친구는 날 항상 배려해준다. 영하는 대체 전생에 무슨 잘못을 저질렀기에 나 같은 성격의 친구를 만나 고생하는 걸까. 날 등 뒤에서 찌르기라도 한 걸까? 나쁜 자식…….

친구의 방문은 단조로운 이곳에선 일탈같이 신나는 일이다. 마치 오백 원을 들고 동네 슈퍼로 달려가던 어릴 적 나처럼 잔뜩 들떠버려서는 보여줄 것도 없는데 이것저것 떠벌리며 소개했다.

집 앞의 대추나무에 열린 대추도 따서 주었다. 달린 열매가 버거워 보일 정도로 아직 묘목이 성숙하지 않아서 주인아저씨가 화초처럼 정성스레 돌보는 나무였다. 말리지 않은 대추는 달콤한 사과 맛이 난다. 친구는 몰랐다고 한다. 괜스레 뿌듯했다.

항상 산 근처에서 이것저것 많이 주워 먹으며 다녔다. 한동안 밤을 주워 삶아 먹다가 나중에는 주인아주머니의 허락을 받고 텃밭의 채소를 뽑아 먹었다.

"언제든지 뽑아 먹어요. 몸만 좋아진다면 텃밭 전부를 뜯어 먹어도 돼요."

내가 만난 사람들은 언제나 나에게 친절하다. 새잎이 돋아야 하니까 안쪽 깊숙이 손을 집어넣어서 티슈를 뽑듯이 조심스러운 스냅으로 뽑아야 한다. 주로 대충대충 썰어서 깨끗이 씻고 큰 그릇에 담아 들깨 드레싱을 뿌려 먹었다. 샐러드는 간단한 노력으로도 꽤 괜찮은 맛을 낼 수 있어서 좋다.

야식을 사서 먹는 날도 있었다. 집은 오로지 약간의 달빛만이 잔가지들에 쓸려 들어오는 구석진 산속에 숨어있었다. 달빛이라도 없으면 한 치 앞도 보이지 않는다. 저녁에 나갈 때는 항상 배트맨을 부를 때나 사용할 것 같은 큼직한 손전등을 가지고 다녔다. 도시에서는 본 적도 없는 어두움이다.

야식을 사 들고 오로지 손전등에 온 신경을 집중하며 가는 일은 다 큰 어른에게도 몹시 무서운 일이었다. 그럴 때는 괜히 노래를 흥얼거리며 빠른 걸음으로 걸어가곤 했다.

"아마 나는~ ♪ 아직은~ ♫ 어린가보아아오아~! 그런가 부오아아~♩ 으엄마야~!!!"

만약 의왕산 근처에서 파란 마스크를 쓰고 괴상한 목소리로 노래를 부르며 뛰어다니는 한 광인에 관한 괴담을 들은 적이 있다면 아마도 나일 것이다.

그런데 그렇게 영원할 것 같았던 저녁의 무서운 어둠이 걷히면 무덤 같던 흙더미가 서서히 들꽃으로 뒤덮인 산으로 바뀌었다. 꽃잎들이 바람을 따라 이리저리 흔들리는 광경은 몇 시간을 바라봐도 질리지 않았다.

나는 사람이 죽으면, 가지고 있던 아름다운 추억들은 세상에 남아 꽃잎으로 다시 태어나는 것이라고 믿는다. 그래서 만약 몸이 암을 버티지 못하고 죽어버린다면 앞으로는 보지 못할 의왕산의 봄에는 과연 얼마나 많은 나의 추억들이 바람을 따라 흩날릴지를 상상하곤 했다. 그리고 그 장면은 분명 놀랍도록 아름다울 것이다.

안녕? 안녕!

　　하루는 전 여자친구가 호수를 찾아왔다. 항상 뭐라고 부르며 생각해야 할지 모르겠다. 옛 여자친구, 전 여자, 헤어진 애인 모두 소름 돋게 어색할 뿐이다. 그 당시엔, 헤어졌지만 연락은 계속 유지하고 있었다. 마치 헤어지지 않은 것처럼 행동할 때도 있다. 다른 사람이 했다면 치를 떨며 비난했을 행동이다. 그녀가 찾아온 날은 유난히 뜨거운 태양 빛이 너무나도 강렬해서 모든 것이 짜증나는 하루였다. 그런 날은 하염없이 무기력해진다. 간단하게 음식을 만들어 먹고 산책을 하다가 집에서 쉬는 중에 그녀는 조용히 잠들어 버렸다.

　　침대에 누워있는 그녀의 어깨부터 이어지는 가냘픈 선이 등을 따라 허리까지 부드럽게 흘러간다. 그 선에 완전히 반해버려서 그저 보고만 있어도 좋았던 적도 있었다. 산 밑의 날씨는 제법 쌀쌀해서 구석의 이불을 조용히 덮어주고는 의자에 앉아 손에 집히는 대로 책을 읽었다. 그녀는 한 시간 정도 자다가 벌떡 일어나서는 집에 가야겠다고 말했다.

"커피 한 잔 마시고 가지 않을래?"

버스정거장으로 바래다주면서 물어보았다. 너무 무뚝뚝하게 말한 것 같아서 다시 한 번 "이 앞에 괜찮은 커피집이 있어서"라고 변명하듯 말했다. 마치 어색한 소개팅 자리에서 마지못해 상대방에게 예의를 차리며 물어보는 듯한 말투였다. 카페는 도로 한복판에 태평양을 표류하는 돛단배처럼 덩그러니 있었다. 그녀는 테라스에 앉아 커피를 마시면서도 무언가 초조한 듯이 담배를 피웠다. 말없이 담배를 피우는 그녀가 다소 쓸쓸해 보였다. 그때의 나는 그 초조함이 의미하는 바를 알 수 없었다.

"나한테 하고 싶은 말 없어?"

그녀가 갑자기 물었다. 갑작스러운 물음에 나는 입이 얼어버렸다. 어쩌면 그 물음만큼은 하지 말아주기를 바라고 있었는지도 모른다. 처량한 표정과 당혹스러움을 눈치 채지 못하길 바라면서 테라스 밖의 풍경으로 시선을 돌렸다. 순간의 정적이 오갔다.

"후……."

하지만 이번에는 어딘가 찝찝한 끝맺음이 담긴 듯한 그녀의 한숨이 우리의 어색하고 당혹스런 고요함을 무너뜨렸다. 커피 컵을 신경질적으로 "탁" 하고 내려놓고서 그녀는 말했다.

"이제 슬슬 가야겠어. 더는 할 말도 없고."

지금 그녀의 행동에선 따뜻했던 예전의 모습은 찾아볼 수 없었다. 나는 짐짓 태연한 척 그녀를 버스정거장까지 바래다주었다. 희미한 죄책감을 느끼면서. 어쩌면 이제 다시는 예전처럼 돌아갈 수 없을지도 모른다고 생각했다.

며칠 후, 그녀가 새로운 남자를 만난다는 말을 들었다. 나는 항상 사람과의 관계가 서툴다. 만약, 새로운 남자가 나타난 후 우리가 각자의 마음을 조용히 마무리 지었다면 서로가 서로에게 좋은 추억으로 남았을 수 있었을까. 그렇다면 적어도 이렇게 씁쓸한 기분은 아니었을 텐데.

그 후로도 시간은 나 따위의 기분은 신경도 쓰지 않고 꾸준히 흘러갔다. 자주 가던 카페 아주머니의 부탁으로 자녀의 영어 과외를 시작했다. 어느 날 갑자기 영하는 머리를 빡빡 밀어 6·25 전쟁 난민 같은 몰골을 하고 나타나서는 맥도날드 쿼터 파운드 치즈버거를 게걸스럽게 해치우더니 다음 날 군대에 입대해 버렸다. 영하가 떠나면 나는 항상 병이 생긴다. 친구가 나의 수호요정이라도 되는 걸까. 그건 좀 상상만으로도 징그러운데. 친구가 입대한 바로 다음 날부터 얼굴이 걷잡을 수 없이 붓기 시작하더니 제주도의 돌하르방같이 땡땡 부은 얼굴이 되어 버렸다. 현실의 살색 피부를 가진 돌하르방은 대단히 징그럽다.

급하게 찾아간 성모병원의 의사는 고기 판별사 같은 표정을 하고는 나에게 남은 수명을 3개월 정도로 예상했다. 음식의 유통기한을 살펴보듯 환자를 대하는 의사는 아직도 치가 떨린다.

결국, 병원과의 독립을 꿈꾸며 패기 넘치게 서울을 뛰쳐나갔던 나는, 카노사에서의 하인리히 5세와 같이 세브란스 병원의 의사 앞에 굴욕적으로 돌아와 3개월간의 짧은 항쟁을 마치고 항복해버렸다. 왜 항상 행복한 시간은 순간일까? 언제나 행복은 짧고 고통은 길기만 하다.

'사는 게 대강대강이었기 때문에 그에 대한 반작용으로

죽는 게 이렇게 어려운 걸까?' 아니면

'살고자 하면 죽고 죽고자 하기 때문에 살아있는 건가'라는

고민이 들 정도로, 나 같은 경우는

절대 순순히 죽어지지가 않았다.

무균실의 나날들

    누구나 아프고 힘든 순간은 있다. 어디서 읽은 바로는 그런 순간이 찾아오는 건 자신이 앞으로 나아가기 때문이라고 한다. 자전거 페달을 밟으면 얼굴을 때리는 바람을 느끼듯 삶의 역풍을 맞는 것도 그만큼 전진하고 있는 증거라고. 하지만 아무리 그래도 조혈모 이식을 위한 무균실에서의 기간은 '와…, 나 혹시 자전거가 아니라 오토바이로 잘못 탄 건 아닐까?' 하는 걱정이 들 정도의 강한 역풍이었다.

    '자가 조혈모세포 이식'을 간단히 설명하자면 한 달 정도 무균실에 갇혀 고용량의 항암제를 다량 투여해 암을 비롯한 온몸의 활동 세포들을 전멸시킨다. 그리고 미리 뽑아두었던 내 몸의 깨끗한 조혈모세포를 이식해서 배양시킨다. 그 후 재발이 되지 않길 평생 기도하며 살아간다. 꽤나 원초적이고 확실한 방법이었다. 어쩐지 호쾌한 느낌마저 든달까.

물론 호쾌함에 비례하게 삶에 대한 의지가 오락가락할 정도로 고통스럽기는 했다. 고통을 줄여주는 모르핀에 취해서 잠들 때마다 '제발 지금 눈을 감으면 영원히 떠나갈 수 있기를…' 하고 기도하며 잠들었다. 하지만 몇 시간 후 어김없이 깨어나면 '그래, 지금 죽기에는 너무 억울하다. 살려주셔서 감사합니다'라며 안도하기의 반복. 신님도 갈팡질팡, 참 짜증 나셨겠지 싶다. 진심으로 죄송합니다요.

하루의 일과는 단순했다. 약을 맞고 토하다가 검진을 받고 토하고서 약을 맞고 토한 후에 잠들기의 반복. 교수님은 하루에 한 번, 창밖에서 환자들을 살펴보고 가셨는데 항상 유리 창문 밖에서 내부로 연결된 전화기를 통해 몇 가지 형식적인 질문을 하시고는 "음…" 하시며 턱을 몇 번 문지르고 빠르게 사라지셨다. 어쩐지 그럴 때마다 선택받지 못한 플라스틱 상자 안 불량 장난감이 된 것만 같았다.

음식을 도저히 삼키지 못해서 영양제와 수액을 튜브를 통해 혈관에 주입하는 것으로 식사를 대신했다. 만약 투병을 견디지 못하고 그대로 죽었다면 내 마지막 식사는 맛도 모르는 영양제였을 것이다. 그건 어쩐지 좀 초라하다. 감성적이지 않달까.

'마지막을 장식할 식사로는 어떤 음식이 적합할까?'

거침없이 들어가는 아이보리색의 영양제를 보며 상상해본

다. 몇 시간을 치열하게 고민해 보았지만 결국 즐겨 먹던 간장계 란밥과 열무김치를 마지막 접시로 고를 것 같다. 많은 추억이 떠 오르는 접시니까 감성적으로 마무리하기에 어울린다. 엉엉 울 지도 모른다. '그래도 너무 초라하지 않나?'라는 생각이 잠깐 들 기도 했지만, 정말 먹어보고 싶었던 요리들은 상상 속에 남겨두 고 싶다. 들어보지도 못한 고급진 산해진미는 어색할 것 같기도 하고.

식품 포장지의 '제품은 사진 속 이미지와 다를 수 있습니 다'라는 문구처럼 상상 속에 빛나던 모든 것들은 항상 현실에서 는 약간의 쓸쓸함을 남겼다. 항상 그래왔다. 어릴 적 TV속의 고 질라 장난감이 그랬고 새벽 2시의 치킨도, 첫사랑도, 나의 20대 도 마찬가지로. 그런 식의 괴리를 한 살 한 살 겪으면서, 어느덧 선물을 뜯을 때의 두근거림보다는 실망했을 때 지어야 할 어색 한 미소를 먼저 걱정하게 되어버렸다. 그리고 역시 죽기 전 마지 막 식사에서까지 어정쩡한 미소를 짓고 싶지는 않으니……

'참 의미 없는 고민을 치열하게 하는구나' 싶을 수도 있겠 지만, 무균실에서는 공상과 잡념이 최고의 장난감이고 진통제 였다. 식사(?)와 진료 외의 시간은 대부분 침대에 누워 상상의 나래를 펼쳤고 잠깐 머리가 어지럽지 않은 순간에는 그림을 그 리거나 이런저런 글들을 읽으며 상상력 재료들을 충전하며 보 냈다.

그러다 하루는 삶이 마라톤이라는 비유를 읽었다. '아…, 마라톤 주최자 아구창을 날려버리고 싶다…. 쓸데없이 사람 고생 시키고 말이야' 하고 마치 이 상황이 주최자의 책임이라는 듯 웅얼거렸다. 하지만 사실 아무도 강요한 적은 없다. 그런데 난 왠지 모르게 당연하다는 듯 달려왔고.

왜 그랬을까…?

사실은 아직도 모르겠다. 지금도 이유를 찾아가는 중이니까. 그래도 쉽게 기권할 수 없는 레이스인 것만은 확실히 알고 있다. 매번 잠이 들 때마다 '아, 이제 더 이상은 무리야…, 오늘은 영락없이 죽겠구만' 하고 생각해도 다음 날 아침이면 어김없이 눈을 떴다. 뉴스에서는 나보다 가치 있어 보이는 수많은 소중한 생명이 비참할 정도로 어이없게 사라져 가던데…. 목숨이란 건 의외의 포인트에서 어찌나 끈질긴지.

'사는 게 대강대강이었기 때문에 그에 대한 반작용으로 죽는 게 이렇게 어려운 걸까?' 아니면 '살고자 하면 죽고 죽고자 하기 때문에 살아있는 건가?'라는 고민이 들 정도로, 나 같은 경우는 절대 순순히 죽어지지가 않았다.

그렇게 속으로는 매일같이 죽고 싶을 정도로 고통스러웠지만 겉으로는 항상 태평한 척, 별일 아닌 척 행동했다. 사실 긍정적으로 생각해보면 엄청나게 소란 피우며 죽겠다고 뒤집어질 일만은 아니지 싶었으니까. 어찌 됐든 지구는 여전히 잘 공전하고 하루는 24시간이며 사람들은 살아간다. 이렇게 혼자 세상 무너진 것처럼 마냥 우울해 하기에는 약간 민망한 마음이 드는 것도 사실이다.

나는 그저 약간의 휴식이 필요했던 것 같다.

매일같이 엑스레이를 찍고, 피를 뽑고, 약을 먹고, 토를 하다가 진료를 보고, 약물을 교체하고, 온몸이 욱신거리고, 열이 났다가 추웠다가 몽롱해지기를 끊임없이 반복하는 이런 상황에서 잠깐이나마 벗어나고 싶었던 것일지도 모른다.

더 이상은 잠을 자는 중 설사를 지려서 황급히 호출벨을 눌러 너덜너덜해진 헛바닥으로(입부터 항문까지 연결되는 모든 기관이 항암제의 영향을 받는 활동 세포로 되어있다고 한다) "으으…, 던댕님, 저 똥따떠요. 떨따똥따떠요…"라고 말하고 싶지 않다. 그 후 "아, 네 잠시만 기다리세요"라며 황급히 바지를 가지고 오는 간호사의 눈을 피해 변이 묻은 침대 시트를 주섬주섬 교체하는 원치 않는 수치 플레이도 이제 그만 했으면 했다. 26살 똥쟁이라니…, 유린당한 나의 존엄성은 대체 어디에서 보상받는단 말인가.

'으…, 아무래도 마라톤 등수 따위는 상관없으니까 쉬엄쉬엄 하늘이나 한번 올려다봤으면 싶은데.'

밤낮을 겨우겨우 구분할 정도의 조그마한 무균실의 창으로는 보고 싶은 달이 도무지 보이지 않는다. 정말 동굴 속에 갇힌 단군신화의 곰이라도 된 것 같다.

어쩌다 보니 동굴로 들어갔고 내가 원하던 최고의 삶은 아니지만, 어차피 최선의 선택을 할 수 없다면 차선의 경우라도 얻기 위해 노력해야 한다. 언제까지 징징거릴 수는 없으니까. 마늘을 먹고 인간이 된 웅녀처럼 나도 아직 모르겠는 무언가를 이곳에서 얻어가야지.

'그래도 나는 에어컨도 나오고 보송보송한 이불 시트도 있으니까 웅녀보단 한결 편한 상황이야.'

빳빳한 새 환자복과 방금 교체한 차가운 이불을 온몸으로 비비며 생각했다. 새벽 5시에 채혈과 엑스레이 검사를 시작하면 복작거리는 통에 잠을 자기가 쉽지 않을 것이다. 서둘러 베개에 얼굴을 파묻고 억지로 눈을 붙여본다.

"에효…, 또 하루 버텨버렸구만."

그렇게 또 무균실에서의 하루가 지나간다.

샴푸에 치약을 섞어 먹는 느낌

조혈모를 이식하고 최종치료를 마친 뒤 병원을 퇴원하면서, 영양제를 끊고 처음으로 먹은 음식은 삶은 감자였다. 아니, 정확히는 오븐으로 익힌 감자였다.

항암치료로 입안이 만신창이가 되어있던 나는 미각이 엉망진창이 되어있었다. 물을 마시는데 비누 맛이 나고 감자를 먹으면 샴푸를 치약에 섞어 먹는 느낌이 났다. 물론 실제로 샴푸에 치약을 섞어 먹어본 적은 없지만.

면역력이 약해질 대로 약해져 있었다. 의사의 표현을 빌리자면 '신생아'의 몸 상태와 같다고 한다.

키 178센티미터의 초우량아는 항상 깨끗하고 완전히 조리된 음식만을 먹어야 한다. 영화 '마션'에서 화성에 갇힌 주인공이 감자만 주구장창 먹듯이 몇 주간을 감자만 먹어댔다. 오븐에 익힌 감자는 겉이 메말라 있다. 포크를 이용해서 겉을 힘주어 가르면 갈라진 틈 사이 은빛으로 반짝거리는 김이 '팝!' 하고 솟구친다. 메마른 표면에 비좁게 갇혀있던 촉촉함이 틈새를 비집고 나와 터지듯이 분출한다. 삶은 음식에서 나오는 김과는 다르게 생동감 있는 그 모습이 아름다워서 몇 번을 갈라보아도 질리지 않았다.

평상시에는 주로 산책을 하거나 책을 읽으면서 보냈다. 마침 걷기 좋은 봄 날씨여서 집 주변 공원을 느린 걸음으로 마냥 돌아다녔다. 이맘때쯤에는 수많은 꽃이 피어난다. 공원의 외각을 따라 걷다 보면 수많은 개나리꽃이 노란색으로 반짝거린다. 연분홍색 진달래꽃도 곳곳에 피어있다. 눈부시게 강렬한 흰색의 빛이 캔버스가 되어 모든 풍경을 담아낸다. 항암으로 시력이 안 좋아져서 봄의 색들이 모네의 그림같이 경계가 불분명하게 뒤섞여있다. 아프지 않았다면 알아차리지 못했을 아름다움이었다.

꽃 주변에는 항상 나비가 날아다녔다. 나비가 날아다니는 동선을 쫓아가다가 눈이 피로해져서 금세 포기하고는 했다. 나비의 비행은 불규칙하다. 이걸 '비행'이라고 부르는 것이 맞는 건지 모를 정도로. 공기에 걸터앉아 있는 느낌이다. 인생을 나비처럼 살았으면 한다. 바람을 가르며 비행하기보다는 공기에 기대어 흘러가는 곳으로 떠내려가는 삶이 좋다. 높게 비행하는 인생은 꽃의 아름다움을 느낄 수 없다. 나도 언젠가는 나비처럼 부드럽게 인생에 걸터앉을 수 있게 되기를 바랐다.

나는 잡지에 나오는 강인한 사람들, 위기를 극복한

위인들 같이 대단하고 의연한 사람이 아니다.

이제는 괜찮다고, 괜찮아질 거라고

날 다독이는 것도 지친다.

왜 이겨내야 하는 걸까

　무균실을 퇴원하고 항암 치료가 끝난 뒤, 항암치료의 부작용으로 완전히 쪼그라들었던 코의 재건 성형수술을 했다. 코에 갈비뼈를 심고 이마의 피부와 혈관을 이식하는 8시간 이상의 대수술을 견뎌냈다.

　그리고 수술 후 이주일 뒤, 진료실의 침대에 누워있는 나의 눈앞에서 생착에 실패한 코 주변의 절망적인, 살아있다는 붉은색의 증거는 조금도 찾아볼 수 없는 검은색 피부들이 가위로 거침없이 잘리고 있었다. 감각세포는 이식되지 않아 육체적 고통은 없었지만, 눈앞에서 잘려나가는 피부 그리고 생살을 자를 때 들리는 특유의 서걱거리는 소리, 알코올 솜과 코를 뒤덮은 연고의 역한 냄새가 불편했다.

　실은, 내심 아팠으면 했다.

　눈앞에서 피부가 가위질당하고 있는데도 마치 양파의 썩

은 부분을 도려내는 주부처럼 '아까운걸…' 따위 같은 생각만 드는 무덤덤한 내 마음이 싫었다.

"빠른 시간 안에 또 다른 피부이식을 해야 돼요."

무덤덤한 목소리로 의사가 하는 그 말을 듣는 순간, 문득 친구들과의 술자리가 떠올랐다. 친구들과 술집에 가면 500cc 맥주에 빈 소주잔을 띄우고 돌아가면서 잔에 소주를 따라 잔을 가라앉힌 사람이 벌주를 마시곤 했다. 내 마음도 그 게임과 같이 몇 년 전부터 조금씩 절망과 낙담을 따라왔고 피부이식을 해야 한다는 의사의 말, 그 작은 한 방울이 나를 침몰시켰다. 억지로 들이킨 벌주는 독해서 한 잔으로도 지나칠 만큼 어지러웠다.

진료가 끝난 후 성형외과의 계단을 내려가고 다음 외래를 접수한 뒤, 발렛된 차를 돌려받아서 집으로 가는 길에도 취한 듯 떨리는 다리와 쿵쾅거리는 가슴의 울먹거림을 멈출 수 없었다. 집에서 얼버무리듯 상황을 설명하고 도망가듯 짐을 챙겨 독서실로 향했다. 가족의 얼굴을 차마 마주 볼 수가 없었다. '아픈 사람은 피해자가 아니라 되려 폭력을 행사하는 사람과 같다'고 다시 한 번 떠올렸다.

햇살이 너무 밝았다. 그리고 이마의 수술 자국은 참을 수 없이 가려웠다. 가는 길목에 있는 커피집에서 망고 아이스티를 주문했다. 아메리카노보다는 달달한 음료를 마셔 마음을 조금이라도 진정시키고 싶었다. 차가운 아이스티를 손에 쥐고 있으니까 조금은 마음이 풀어지는 듯도 했었다. 그런데 그때, 저 앞에서 커플 한 쌍이 서로에 기대 걷는 것을 보았다.

푸른 하늘, 햇살은 눈부시고 학교 옆 돌담에 막 새싹이 돋아나는 잎들이 바람에 기분 좋게 흔들리고 있었다. 남자는 부드러운 컬이 있는 머리에 하늘색 셔츠, 흰색 면바지에 유행을 탈 것 같은 파란색 스니커즈를 신고 있었다. 긴 생머리의 여자는 분홍색 셔츠에 여자를 닮은 꽃이 수놓여 있는 흰색 스커트와 가느다란 발목에 어울리는 오렌지색 웨지 힐을 신고 있었다. 남자의 넓은 어깨와 탄탄한 팔이 여자의 가녀린 쇄골을 감싸고 있다.

그 아름답고 빛나는 수채화에 나는 어울리지 못하는 수묵화였다. 어쩐지 그들에게 미안한 마음에 고개를 푹 숙이고서 독서실로 도망치듯 달려갔다. 서둘러 자리에 앉아 숨을 고른 후 아이스티 한 모금을 마신다. 너무 달아서 입안이 씁쓸하다. 고개를 숙이니 수많은 주사 바늘로 탄력을 잃어 혈관이 너덜거리는 팔이 보였다.

한 모금 더 쭉…….

달달한 아이스티가 서서히 스며든다. 입으로 마시는 아이스티에 붕대로 둘둘 감은 코가 시큰한 건 왜일까. 힘을 내라고 조용히 중얼거려본다. 참고 견디면 이겨낼 수 있다, 아픔은 영원하지 않다고.

'왜 이겨내야 하는데?'

내 안의 누군가가 묻는다. 하지만 대답할 수 없었다. 나도 알고 있으니까. 어떤 희망차고 도덕적인 말을 중얼거려도 결국 중요한 사실은 바로 내가 지금 당장 아프다는 것뿐. 나는 잡지에 나오는 강인한 사람들, 위기를 극복한 위인들 같이 대단하고 의연한 사람이 아니다. 이제는 괜찮다고, 괜찮아질 거라고 날 다독이는 것도 지친다. 다른 사람의 불행을 찾아 들으면서 '그래…, 그래도 나는 행복한 편이야' 같은 비겁한 위로를 하는 짓도 더는 하고 싶지 않다.

무의미하고 허무하다.

잘 버티어 오다가, 어째서 '고작' 이런 일에 무너지는 걸까? 여태까지 더 큰일들도 담담한 척하며 꾸역꾸역 소화해왔는데. 이런 느낌이 드는 날은 한동안 아무것도 할 수가 없다. 초점이 풀린 채로 몇 시간씩 허공을 응시한다. 마치 색맹 테스트를 하는 것만 같다. 모두 당연하다는 듯이 그림 안의 숫자를 대답하지만, 나는 아무리 인상을 쓰고 바라보아도 기묘한 빛깔의 원형뿐이다. 애써도 보이지 않으니 그저 포기할 수밖에. 내 한계를 받아들이고 인정할 수밖에.

애써 외면하던 내 본심과 나약함을 마주하는 날. 그런 날은 절망이 눈앞의 망고 아이스티처럼 진하게, 서서히, 그리고 확실히 퍼져간다.

꽃을 버리는 방법

하루는 집에 오는 길에 충동적으로 장미 한 송이를 샀다. 장미를 좋아한다. 벗어야 아름답고 드러내야만 유명해지는 요즘, 한 잎 한 잎 제 몸을 겹겹이 감쌀수록 아름다워지는 고전적 아름다움에 어쩐지 점점 눈길을 주게 된다.

로맨티스트는 결코 아니다. 삼천 원이라는 가격에 순간 움찔했을 뿐더러 만 원 한 장을 건네자 "잔돈이 없어서…, 어쩌죠?"라는 플로리스트의 말에 동전 지갑에서 오백 원짜리 여섯 개를 주섬주섬 챙길 때는 '너무 비싼 것 아닐까? 생명체에 값을 매기는 것이 옳은 일인가?'라는 사지 않기 위한 온갖 쓸잘머리 없는 핑계거리를 찾아 머리를 굴렸으니까.

집에 마땅한 꽃병이 없어서 입구가 넓은 스파게티 소스 유리병에 꽂아 책상 위에 두었다. 병 입구가 넓은 탓에 장미꽃이 좀 기울어지기는 했지만, 물을 주자 금방 생기를 띄는 모습엔 경이로운 느낌마저 들었다. 후각이 둔해 향기는 맡을 수 없지만, 어쩐지 희끄무레한 방에 새빨간 장미 한 송이가 주는 이질적 아름다움이 좋았다.

책상에 앉아 무언가를 할 때면 가끔 장미꽃을 물끄러미 바라보곤 했다. 사실 꽃을 보는 것은 좋아하지만, 집에 장식하는 걸 좋아하진 않았다. 꽃을 집에 둔다는 것이 그녀의 뿌리를 서슴없이 동강동강 자르고 가시를 뽑은 뒤, 이파리도 툭툭 뜯어내고선 물에 담가 생명을 유지시키며 그 아름다움에 흡족해하는 행위라 생각할 때면 썩 유쾌한 기분이 드는 것은 아니니까. 물론 기계적으로 도축된 고기, 온갖 과일과 채소 또한 즐겨 먹기는 해도, 물병에 담겨 생명을 유지하는 장미꽃을 볼 때마다 수액과 항암제로 생명을 유지하던 내가 떠올라 마음이 답답해지는 것 또한 사실이다.

내가 잘하는 것은 맞는지, 물을 갈아주어야 하는 것은 아닌지 자꾸 불안해서 이파리를 쓰다듬었다가 혹시나 안 좋은 영향을 끼칠까봐 얼른 손을 떼면서 안절부절 못했다. 한 생명을 책임진다는 것이 이렇게나 신경 쓰이는 일이라니.

시간이 흐르고 어느덧 장미가 활짝 피었다. 사랑하는 사람을 종종 꽃에 비유하는 이유를 알 것만 같다. 장미꽃을 보며 사랑하는 여인에게서 느꼈던 아름다움과 황홀함, 그리고 약간의 외경심을 조금이나마 느낀다. '내가 그의 이름을 불러주었을 때, 그는 나에게로 와 꽃이 되었다'라는 시 구절이 생각나서 이름이라도 지어주어야 하나 잠시 고민하기도 했다. '로사? 로이? 로제?' 한참을 고민하다 저주받은 작명 센스에 절망만 남기고 그만두었다.

한편으로는 약간의 두려움도 생겼다. 활짝 핀 꽃은 얼마 안 가 시들해지고 곧 버려야 하는 순간이 찾아올 것이다. 꽃은 대체 어떻게 버려야 하는 걸까? 상한 과일 따위는 쉽게 버리면서도 어쩐지 꽃이란 생명은 망설이게 된다. 집 앞 공터에 버릴 수도 없는 노릇이고 쓰레기봉투에 담아 버리기에는 어쩐지 찜찜하다. 꽃이 아름다워질수록 불안함은 점점 더 커져만 간다.

모든 만남에는 항상 이별이 뒤따른다. 나이가 들어갈수록 이별이 주는 상처가 두려워 만남마저 점차 소극적이게 된다. 언제나 갑작스레 찾아오는 만남이지만, 작별하는 방법은 아무도 알려주지 않는다. 더군다나 꽃과의 작별은 더더욱…, 나는 이별에 항상 서투른데…, 걱정이다.

수많은 항암치료를 거듭하면서 얼굴이 많이 망가졌다.

코 부근에 혈액암이 발병했기에 항암제를 투여하면서

코 연골을 비롯한 주변의 지방세포까지

모조리 죽어버렸다. 뭐 애초에 얼굴로 먹고살 만큼

잘생긴 얼굴은 아니었다는 사실이 약간의 위로가 되었다.

마스크를 벗는 시간

병원에서 오랜 시간 지내다 보면 병원 밖의 사소한 일에도 무한한 감사함을 느끼게 된다. 처음 병실을 퇴원한 날에는 바깥에서 부는 선선한 바람이 너무나 기분 좋아서 나도 모르게 '쇼생크 탈출'의 앤디 듀프레인처럼 두 팔을 활짝 펼치고 "프리덤!"을 외쳤었다. 그러고는 집으로 돌아와 침대에 몸을 던지고 이불로 온몸을 휘감으면서 하나님이 모두를 안아주지 못해 인간에게 이불을 주신 것은 아닐까 하는 생각이 들 정도로 행복해했다. 그래도 역시 병원의 이불은 어쩐지 차갑지만.

매번 병실에서 탈출할 때마다 내가 이런 것에도 감사할 줄 아는 소소한 사람이란 것에 놀라곤 한다. 보도블록 사이에 피어 있는 잡초, 하얀색 대리석 벽면에 비치는 햇살의 아름다움에도 가슴이 두근두근 뛰어서 마치 아이돌 가수를 만난 중학생 소녀처럼 꺅꺅거리며 카메라의 셔터를 눌러대곤 했다. 그래서 이런 감사함이 지속되는 며칠 동안은 항암 치료로 망가져 버린 얼굴을 거울로 바라보면서조차 그래도 살아남았음에 감사할 수 있게 된다.

수많은 항암치료를 거듭하면서 얼굴이 많이 망가졌다. 코 부근에 혈액암이 발병했기에 항암제를 투여하면서 코 연골을 비롯한 주변의 지방세포까지 모조리 죽어버렸다. 뭐 애초에 얼굴로 먹고살 만큼 잘생긴 얼굴은 아니었다는 사실이 약간의 위로가 되었다. 조인성이나 강동원의 얼굴에서 지금의 상태가 되었다면 외모의 갭이 롯데타워 정도의 나락이기에 충격으로 즉사했을지도 모르겠지만, 나는 뭐랄까 후하게 쳐주어도 아파트 3층 높이 정도의 격차이기에 떨어지더라도 발목이 삐끗한 정도의 아픔이려나. '아… 아프다'라고 생각하며 몸에 묻은 먼지를 툴툴 털어버리고 제 갈 길 가면 그만인 것이다.

암 치료가 끝난 후, 수술하면 괜찮아질 거라는 의사의 말에 혹해서 수차례 성형수술을 받았지만, 지금은 잠정적으로 중단한 상태다. 회의감이 들었다. '수술을 받을 때마다 죽을 듯이 아픈데 나는 도대체 누굴 위해서 이 고생을 하는 걸까?'라는 질문에 스스로 대답할 수가 없었다. 게다가 나는 가끔 화장실 거울로 혹은 사진을 찍기 위해 핸드폰 카메라를 켰는데 전방 카메라로 되어 있을 때를 빼고는 본인의 얼굴을 볼 기회가 드물다. 물

론 그럴 때마다 '아오 깜짝이야…, 얼굴 진짜 오늘 내일 하는 거
봐…'라고 생각하더라도, 이런 자유분방한 이목구비를 보는 빈
도는 나보다 타인이 더 많을 테니까. 상처투성이의 얼굴을 가리
기 위해 평상시에 외출할 때는 마스크를 쓰고 다니지만, 사람
앞에서 음료를 마시거나 마스크를 벗어야 할 상황에는 상대방
에게 항상 양해를 구하는 편이다. 대충 "아…, 제가 많이 아팠어
서…, 얼굴을 좀 많이 다쳤는데 마스크를 벗어도 괜찮을까요?"
라며 최대한 공손한 눈빛으로 물으면, 상대방은 황급히 "아! 예!
그럼요! 당연히 괜찮습니다!"라고 대답하는 방식이다.

물론 상대방이 망가진 얼굴을 보고 어떻게 생각하는지, 정
말로 벗어도 되는지 여부를 딱히 신경 쓰는 것은 아니다. 그저
'내 얼굴 보고 깜짝 놀라서 서로 당황스러운 상황 만들지 말아
요'의 신사적인 표현 정도 되려나.

사실 이런 얼굴로 살아가는 것도 크게 불편한 점을 못 느끼
는 요즘이다. 최근에는 어쩐지 점점 편해지는 것 같기도 하고.
적응이 빠른 타입이라서 금세 '음, 뭐 눈, 코, 입 다 붙어있으면
그만이지…'라고 만족하며 살아간다. 가끔 연애는 할 수 있을지
걱정되기도 하지만, 세상은 넓고 취향은 다양하니까 혹시 모르
는 일이다. "제가 못생겨서 정말 죄송한 일이지만, 그 외에는 그
럭저럭 괜찮은 인간이랍니다"라고 정중히 고백한다면 "에휴…"
하고 한숨 쉬며 받아줄 여인이 있을 수도 있다. 아니 있었으면

좋겠다. 신님, 꼭 만나게 해주세요. 제발… 부탁드립니다…….

이상한 나라의 암 환자

나는 다시 보통의 20대로 돌아왔다.

물론 그 이후로도 갈비뼈를 콧대에 박아 넣는 등 여러 가지 성형 수술과 치료를 받고 있지만, 어찌 되었든 내 인생에서 최고로 20대다운 순간을 즐기고 있다. 대학교도 복학했다. 건물들이 새로 올라가고 동기들은 다 떠나갔는데 나는 이제야 돌아왔다. 약간은 쓸쓸했다. 하지만 새로운 사람들도 많이 만났다. 07학번이라고 말하면 석유가 말을 한다면서 공포와 두려움에 떨었지만 그래도 다들 잘 어울려주었다. 친해진 15학번 친구와 카페에서 이런저런 대화를 했었다.

"저 88년 서울 올림픽 할 때 태어났어요."

"세상에······."

"제가 초등학교 2학년 때까지는 국민학교였어요."

"어머나······."

"중학교 때까지도 버스 토큰이 있었어요."

"오오……."

뭐가 그렇게 놀라운 걸까. 나에게는 당연한 일인데. 이 친구는 마치 고려시대의 백성과 대화하는 것처럼 내 추억의 모든 것을 신기해한다.

'어렸을 적'이란 표현을 쓰기에는 아직 많이 민망한 나이지만, 그래도 내가 지금보다 더 많이 어렸을 때 나는 세상의 모든 것에 신기해 했다. 주변의 모든 것들이 새로웠다. 귤이 한자로 '귤 귤(橘)'이란 것을 알게 되었을 때의 충격이란. 하지만 시간이 흐르면서 점점 신기한 것들이 줄어들어 간다. 점점 몸으로 체감하고 있다. 이제 웬만한 것들에는 잘 놀라지도 않고 무덤덤하게 되었다.

인간은 태어나면서 양손 가득 금가루를 쥐고 태어난다. 하지만 내가 할 수 있는 일이라고는 고작 손을 꽉 움켜쥐어서 손틈 사이로 세차게 빠져나가는 금가루들의 속도를 조금이라도 늦추기 위해 애쓰는 것뿐이다. 인생은 항상 무언가를 잃어가는 과정의 연속이다. 사실 알고 싶고 느끼고 싶은 것은 아직도 많은데, 인생은 얻는 것에 비해서 포기해야 하는 것들만 너무 많아져 간다.

병원에 있을 때는 항상 죽고 싶어 했는데, 막상 죽어야 하는 순간이 온다면 나는 만족하며 미련 없이 죽을 수 있을까. 과연 '잘' 죽을 수 있을까. 사실 어떻게 해야 '잘' 죽는 건지도 나는 모르겠다. 죽는 것에도 방법이 있는 것인가. 정말이지 귀찮다.

시간은 흐르고 최근에 다시 신촌의 세브란스 병원에 내원할 일이 있었다. 4년째의 추적검사 결과가 나오는 날이다. 오랜만에 들른 병원은 여전히 어둡고 활기차다. 수많은 사람이 있지만, 환자들은 단번에 알아볼 수 있다. 익숙하다. 나도 저들 중 하나였으니까. 이곳에 오면 가끔 알 수 없는 편안함을 느낄 때가 있다. 마치 스톡홀름 증후군같이 병원에 정신적으로 동화되어 버린 걸지도 모른다.

결과는 좋게 나왔다. 다음 피검사를 마지막으로 4년간의 추적검사를 종료하겠다고 했다. 진료를 마치고 예전에 치료를 받았던 제중관 병동을 찾아가 보았다. 기억을 더듬으면서 미로같이 복잡한 길을 두리번거리며 찾았다.

그렇게 찾아간 병동은 인턴들의 숙소로 바뀌어 있었다. 암 병동 건물이 새로 생기면서 제중관 암 병동은 조용히 자취를 감추어 버렸다. 내가 치료를 받았던 순간들도 같이 사라진 느낌이 들었다. '이상한 나라의 앨리스'처럼 기묘한 세계에 들어갔다 탈출한 것만 같다. 그렇게 힘들고 싫었던 기억인데 미묘한 이 기분은 뭘까. 추억은 천천히 모든 것을 미화시킨다. 그리고 살아온 삶은 서서히 아름다워져 간다.

소소한 일기 __ # 병원편

1.

진료를 받으러 혈액 내과 건물로 갈 때마다 건너는 횡단보도처럼, 인생도 흰색과 검은색의 경계가 명확했으면 좋겠다. 그럼 좀 우스꽝스러워도, 지나가는 어른들이 한심한 눈으로 끌끌거리며 바라보더라도, 폴짝폴짝 흰 페인트만 밟고 갈 텐데. 그리고 그 꼴이 스스로 우스워서 나는 아마 깔깔거리며 웃겠지.

2.

재난이나 죽음 같은 사건이 생기면 눈물짓는 것이 당연하지만, 아무런 사건 없이 반복되는 매일에도 슬퍼하는 존재 또한 인간이다. 마치 오늘의 나처럼.

3。

　　몇 년 만에 처음으로 피를 뽑는 것을 눈으로 지켜봤다. 수술은 척척 받으면서 주사로 피 뽑는 것은 항상 고개를 돌리고 있는 아이러니한 나로부터의 탈출. 그 한걸음은 비록 지구에 있어서는 하찮은 사건일지는 몰라도 나의 역사 속에서는 위대한 첫걸음이었다. 뿌듯해.

4。

　　암 환자가 대화를 하는 데에는 제약이 붙는다는 사실을 깨달았다. 병원 밖 복도에서 몰래 담배를 피우고 있는 구면인 인턴에게 "담배 피우면 암 걸려요…"라고 말했는데 동공이 흔들리면서 대단히 불길해 했다. 나는 그저 "초콜릿 먹으면 살쪄요"라는 느낌으로 말했을 뿐인데.

5。

　　어릴 때부터 유독, 사람이 죽으면 나비가 되어 날아간다는 말을 좋아했다. 유유자적 둥실둥실 떠다니는 모습이 부럽달까. 그래서 만약 환생할 수 있다면 하늘하늘 떠다니는 나비가 되었으면 했다. 그 정도로 나비를 좋아하지만 실제로는 멀리서 보는 것만으로 만족한다. 더듬이며 톡 터질 것 같은 겹겹의 몸통하며…, 으…, 사실 가까이서 보면 나비만큼 징글징글한 것도 없으니까.

아…! 그리고 보니 마치 내 인생과 닮았다. 하루하루가 징글징글한데 또 막상 돌아보면 그럭저럭 아련한 것이.

나는 어쩌면 이미 동경하던 나비로 살고 있는 걸까?

6。

초음파 검사를 받는 중, 불편한 부분은 없냐고 물어보는 간호사님께 "저… 뱃속의 아기는 건강한가요?"라고 물었지만 웃어주지 않았다. 아…, 병원 생활 중 베스트 5 안에 드는 상처로 남을 것 같아.

7。

서서히 죽어갈 수 있다면 저녁노을을 바라보며 담배를 피우고 맥주를 마시면서 조용히 죽어가고 싶다. 갑자기 죽는다면 마지막으로 남긴 말이 "즐거웠어"였으면 하고. 그래서 누군가와 헤어질 때는 항상 즐거웠다고 인사하곤 한다. 설령 그렇게 즐겁지 않았더라도.

8。

회사가 끝나고 병문안을 온 친구가 나에게 웃으라고 한다. 세상은 웃으며 살아야 한다면서…. 지 표정은 썩어 문드러졌는데 나보고는 웃으라고 하면서. 안쓰러웠다.

9.

가끔 생각한다. 아픔은 고독해서 힘들지만, 또 그렇기 때문에 버틸 수 있는 거라고. 만약 고통이 와이파이처럼 공유가 된다면 아파서 죽을 것 같을 때마다 일그러진 주변의 못생긴 얼굴도 같이 관람해야 하니까. 그래서 역시나 '혼자 아픈 게 좋은 거지…'라고 생각했다.

10.

세상에 영원한 것은 없다고 투덜거리는 나에게 그 사람은 "아니야, 내 기억 속에서 영원할거야"라고 말해주었다. 그 말이 너무나 반짝이고 있어서 나는 그만 덜컥 믿을 수밖에 없었다. 먼저 가버렸지만 영원히 남아있는 사람과의 추억이다.

11.

병원은 항상 폐쇄형 창문으로 되어 있어서 틈이 아주 조금만 열렸다. 그리고 나는 그런 답답한 창문들이 항상 불만이었다. 창문을 활짝 열고서 바람을 맞는다면 기분이 한결 나아질 것 같은데. 하지만 사실, 손 하나 겨우 들어가는 그 좁은 틈이 투병 생활 중에 내가 자살하지 못한 가장 큰 이유 중 하나였다. 참 아이러니한 세상…….

12。

　　'크게 아팠어서 좋은 점이 뭐야?'라고 묻는 사람이 있다면 과거에 대한 미련이 사라진다는 점을 하나로 꼽고 싶다. 나중에 늙었을 때 전지전능한 마법사가 나타나 "20대 초반의 팔팔한 시절로 되돌려 줄까?"라고 묻는다면 나는 아마도 그 마법사를 때릴지도 모른다. 아! 그리고 또 하나! 크게 아프면 살이 엄청나게 빠진다. 매력적이야…….

13。

　　병원에서 나는 아프면 웃는 사람으로 유명했다. 나도 이유는 몰랐지만 우는 것보다야 좋으니 별로 심각하게 여기지는 않았다. 케모포트를 심을 때도 쉴 틈 없이 킥킥거렸고, 두꺼운 주삿바늘을 교체할 때도 항상 웃었다. 폐에 꽂힌 튜브관을 제거하러 온 의사가 간호사들에게 이야기를 들었다면서 나를 만나보고 싶었다며 인사하기도 했었고. 물론 튜브관을 뽑을 때도 미친 듯이 웃었다.

　　하지만 그런 나도, 퇴원하는 날 간호사분께서 반짝이는 미소와 함께 "헤어지려니까 아쉬워요. 다음에 또 뵀으면 좋겠어요"라고 말할 때는 웃을 수 없었다.

14。

　　며칠 전, 강렬한 기쁨을 표현할 때와 극심한 슬픔의 표정은 서로 구분할 수 없다는 연구결과를 읽었다. 병원에서의 나는, 사실 울고 싶었던 걸까? 잘 모르겠다…….

2부.

프로아픔러가
사는 법

진주 향이 나는 첫사랑

'꽃 따위를 바라보는 게 뭐가 그렇게 좋은 걸까?'

학교의 진달래 동산을 오르면서 생각했다. 말이 좋아 '진달래 동산'이지 실상은 가파른 언덕에 갓난아기 손톱마냥 자그마한 진달래 몇 그루만 피어있는 잔디밭일 뿐이다. 학생들은 곳곳에서 소주병과 짜장면 그릇들을 펼쳐놓은 채 술판을 벌이고 있었고 얼굴이 벌게져서 휘청거리는 사람도 있다. 나와 같은 신입생으로 보이는 남자가 대자로 뻗어서 누워있고 선배로 보이는 여자 두 명은 그 모습이 우습다는 듯 킥킥거린다.

'으아…, 이제 고작 오후 1시인데도 어마어마하다……'

술을 별로 좋아하지 않는 나로선 도저히 이해할 수가 없다. 가파른 언덕 사이로 술병들과 널브러진 신입생들을 가로지르며 오르다 보면, 마치 아군의 시체를 넘고 넘어 적군의 고지를 향하는 군인이 된 기분이 들었다.

4월 말의 햇볕은 따갑게 내리쬐고 손에 든 아이스 아메리카노는 점점 미지근해진다. 대학생활은 딱 예상한 만큼 지루했고 3월 한두 번의 개강파티에 참여한 후 대학생활에 대한 얇은 로망은 충분히 채워졌다. 나는 그다지 흥이 넘치는 사람도 아니고 사교적인 사람도 아니어서 고등학교의 친구들만으로도 '사회생활'을 원하는 본능의 잔잔한 욕구를 벅찰 만큼 넘치게 충족시키고 있으니까.

손에 들고 있는 경제학원론 책에서도 중요한 건 본문의 내용일 뿐, 내용의 출처인 각주가 아니다. 대학은 나에게 각주 같은 느낌이 되어버렸다. 그저 봄에 벚꽃을 스치는 미풍처럼 조용히, 소리 없이 다니다 졸업하면 그뿐이다.

"우어에엑!!"

어느 정도 언덕이 가라앉은 곳에서 잠깐 숨을 돌리고 있는데 잔디밭 옆 벤치에서 조금 떨어진 자리의 신입생이 토를 게워냈다. 자신의 주량을 모르면서 객기를 부리는 신입생들에게서 자주 볼 수 있는 풍경이었다.

"그래도 오후 1시인데…!!"

치밀어 오르는 분노에 고개를 홱 돌렸고, 그때 저 너머의 벚꽃나무 아래에 서 있는 그녀를 처음으로 보았다. 밝은 갈색으로 염색한 굵은 웨이브 머리에 세일러 칼라의 루즈한 블라우스와 검은색 스키니 진을 입고서 동기 여자애와 무엇이 그렇게 즐거운지 마치 들꽃처럼 환하게 웃고 있었다.

확실히 사랑에 빠지기 적합한 타이밍은 아니었다. 수업은 늦어버렸고 옆 잔디밭 신입생은 토를 게워낸다. 그 지독한 냄새는 더운 공기를 타고 사방으로 퍼지고, 주변의 선배들이 욕설을 내뱉으며 웅성거리고 있는 틈 사이로 그녀를 보았으니까. 그런데 그런 상황 속에서도 그녀는 단숨에, 그리고 확실하게 내 가슴에 박혀버렸다. 사실 그 순간 첫눈에 반해버렸다.

나중에 술자리에서 좋아하는 사람이 생겼다는 사실을 친구들에게 말할 때, 어쩌다가 그렇게 되었냐고 대답을 보채는 재촉이 부끄러워 "그냥…, 같은 과 동기니까, 얘기하면서 알아가다 보니까…"라며 얼버무렸지만, 사실은 그녀를 본 그 순간부터 내 세상은 그녀로 가득 차올랐다. 너무나 식상해서 이제는 B급 영화에서조차 찾아보기 힘든 그 상황과 마음이 내가 생각해도 유치하고 오글거려서 저녁 이불에 얼굴을 묻고서 킥킥거리기도 했다.

그날 이후로 나는 어느 시인의 말처럼 콜록대며 그 사람을 앓는 일이 잦아졌다. 너무 콜록대는 통에 주변의 모두가 알고 있었다. 아니 어쩌면 그녀도 알고 있었는지 모르겠다.

확실히 내가 생각해오던 이상형과는 거리가 있었다. 그런데 작은 키에 종종걸음으로 매점을 달려가는 모습이 마치 펭귄처럼 귀엽다고 생각했다. 강의실에서 턱을 괴고 앉아있는 그녀의 볼은 마치 고양이 발바닥같이 토실토실해 보여 손가락으로 꾹 눌러보고 싶은 충동을 억제하느라 힘들었다. 분명히 나의 이상형은 서유럽 스페인 지역 부근에서 장기 어학연수를 온, 한국 문화를 사랑하는 신비한 눈동자의 서양 미녀였는데. 그때는 정말 콩깍지가 단단하게 씌었던 것 같다.

덕분에 정말 싫어하던 과의 술자리도 꼬박꼬박 나갔다. 선배들과 동기들은 불러도 항상 혼자 다니던 내가 술자리에 참석하니까 반가워하며 어울렸지만, 그녀를 제외한 나머지의 여집합들은 딱히 마음이 쓰이지 않았다. 처음 그녀의 핸드폰 번호를 알아내고, 주고받은 문자를 저장해 두고, 받은 문자함의 100통이 다 차면 한 통 한 통 신중히 읽어보며 그나마 덜 소중한 문자를 지워보는 그런 유치한 짓도 했었다.

과에서 동해로 여행을 갔을 때, 저녁 술자리에서 만취한 그녀는 파란색 고무줄로 나의 머리를 묶으며 깔깔거렸고 나는 그 모습에 두근거리면서 그녀의 향기가 남아있는 파란색 고무줄을 마치 부적처럼 가지고 다닌 적도 있다.

너에게선 늘 상상 속의 진주 향이 났다.
달콤하면서도 탁한, 몽환적인 향이었다.

그녀는 그렇게 갑작스럽고 강렬하게 찾아왔지만, 코끝의 향기가 사라지듯 조금씩 그리고 서서히 내 마음에서 흩어져갔다. 휴학 후 미국에 가고 귀국해서 바로 군대에 간 뒤 얼떨결에 다른 사람들을 만나고 또 결정적으로, 암에 걸려서 몇 년을 고생하다 보니 그 사람은 어느새 추억이 되어버렸다. 병실에서 간 수치가 올라 가만히 누워만 있어도 힘들어할 때 그녀에게서 연락이 왔다. 예전처럼 메시지를 주고받다가 대학생 때 너를 정말 좋아했다고 말하면서도 아무렇지 않았을 때, 그 사람이 정말로 추억이 되어버렸다는 걸 느꼈다.

이제는 더 이상 그녀를 사랑하진 않는다. 그런데 그 사람을 바라보던 그 마음이 너무나도 찬란했어서, 오늘같이 햇살 좋은 날 선선한 바람에 벚꽃이 흩날리는 걸 볼 때, 옆 사람의 머리카락에서 달콤한 린스 향이 느껴질 때면 문득문득, 황홀했던 그 시간이 그리울 때가 있다.

그 향기와 추억이.

그리고 그때의 설레던 내가…….

사랑하는 연인들은 항상 나무 조각으로

왕자 공주님의 역할놀이를 하는 어린아이처럼

사소한 것들에 의미를 부여하며 감정이입을 하곤 한다.

이 친구도 마찬가지로 애인의 이야기를 할 때면

경건한 성서라도 암송하듯 두 손을 가지런히 모으고

눈을 반짝이며 의미를 부여했다.

현모양처라는 꿈

그녀의 연애 이야기를 듣는 건, 마치 통 안에 가득 담긴 초콜릿 아이스크림을 급하게 먹는 일과 같았다. 마냥 달콤하다가도 곧 브레인 프리즈가 오며 지끈거리는…….

21살, 2학기의 기말고사를 마치고 대학교 앞 '프리스타일' 피시방의 주말 알바 자리를 구했다. 사치스러운 생활을 하지도 않았고 대학 등록금 또한 부모님의 도움을 받았기 때문에 그다지 돈이 필요한 상황도 아니었다. 하지만 어쩐지 대학생의 방학에는 아르바이트가 있어야 한다는 고정관념에 사로잡혀 별생각 없이 얻은 일자리였다.

피시방은 대학교 쪽문을 따라 10분 정도 쭉 내려가면 나오는 4층짜리 흰색 건물 지하 1층에 있었다. 주변의 수많은 경쟁업소가 예쁜 카운터 누나, 최고 사양의 컴퓨터, 값싼 요금 등으로 가벼운 주머니의 대학생들을 사수하려 치열하게 경쟁했다. 그런데 그 틈에서도, 허름한 외관에 질 낮은 컴퓨터와 당장에라도 폐병에 걸릴 것 같은 자욱한 담배 연기가 가득 차 있는 열악한 환경을 유지하는 곳이었다. 덕분에 모든 피시방이 바글거리는 평일 저녁마저 단골 아저씨들 5~6명만이 외딴섬처럼 드문드문 앉아있는 허름한 환경이었다. 나 또한 그곳을 지나칠 때마다 여기 사장은 도대체 어떤 배짱으로 이렇게 장사하는 걸까 궁금해했었는데 출근 첫날 바로 그 이유를 알게 되었다.

60대 후반 정도 되어 보이는 회색 머리의 사장님은 불룩 튀어나온 배로 거칠게 숨을 내쉬며 카운터에 앉아 계셨다. 간단한 미팅과 신상정보를 작성하고 해야 할 일과 매출 장부를 작성하는 법, 그 밖에 몇 가지 유의사항을 알려준 뒤 사장님은 한 다발의 키 뭉치를 건네주며 말했다.

"이거 위층 고시원 방 열쇠야. 방 보러 왔다고 하면 카운터 벽에 붙어있는 비어있는 호수 열어서 보여줘."

"여기 위층에 고시원을요?"

"응, 이 건물 내가 가지고 있는 거니까. 만약 들어온다고 하면 나한테 연락해. 알겠지?"

알아버렸다. 이 피시방이 대쪽같은 지조로 허름한 환경을 유지할 수 있었던 이유. 그때부터 어쩐지 사장님의 얼굴이 빛나 보였다.

"같이 일하는 알바생도 곧 있으면 나오니까 자세한 일은 둘이서 잘 협의해."

마치 세상 모든 일이 귀찮다는 듯 옥상으로 올라가는 건물 주님의 손끝에는 '부'란 것이 뚝뚝 흐르고 있었다.

일은 단순했다. 시간과 요금계산은 컴퓨터가 다 해주는 시대에 태어났기에 나는 그저 간식거리를 팔고, 나가는 손님의 돈 계산을 한 후 나간 자리를 정리하거나 재떨이 갈아주기, 또는 가끔씩 바닥이나 화장실을 대걸레로 청소하는 일이 전부였다. 주로 단골 아저씨들만 오는 곳이었기에 어쩌다 자리를 비울 때면 아저씨들이 알아서 재떨이를 갈거나 음료를 계산해 놓고 가기도 했다.

군더더기 하나 없는 단골들의 계산적인 움직임은 마치 공장에서 찍어내는 부품들의 톱니바퀴가 착착 맞아 돌아가듯 안정적이고 약간은 아름답기까지 했다. 아저씨들 덕분에 피시방에서도 중국 음식을 시켜먹는다는 사실 또한 알게 되었다. 주로 새우 볶음밥이나 짜장면을 즐겨 드셨는데 한곳에서 모으는 스티커로 가끔 알바생끼리 탕수육을 시켜 먹을 수 있었다. 나중에는 배달원과도 얼굴을 트게 되어 짜장면 한 그릇만을 시킬 때도 짬뽕 국물을 얻어서 드렸었는데 항상 담배에 찌들어 있는 아저씨들이 그렇게 해맑게 웃는 모습을 처음 보았다. '자식에게 좋은 것만 주고 싶은 아버지의 마음이 대충 이렇지 않을까'라는 생각을 상큼발랄해진 아저씨들을 보며 잠깐 느꼈다.

　이따금 고시원 방을 알아보는 대학생들도 찾아오곤 했다. 방을 채운다고 딱히 여분의 보너스가 있는 것은 아니었지만 어쩐지 열쇠 뭉치를 쥐고 있으니 고시원의 주인이 된 것 같은 느낌이 들어 열심히 방의 장점을 떠들어댔다. 사람은 사소한 물건 하나에도 마음가짐이 달라지고는 하니까.

　20리터짜리 쓰레기봉투가 가득 차서 단단히 묶어 건물 밖 1층 복도 뒤의 쓰레기 보관함에 옮겨 담았다. 지하에 연기가 자욱한 곳에서 밖으로 나오니 가슴이 뻥 뚫리는 것 같다. 나온 김에 한 대 피우고 들어가야겠다 싶어 담배를 꺼내 물고 불을 붙였다. 요즘은 니코틴이 필요하다기보다 습관처럼 입에 물고 있는 듯하다. 내부가 건조한 건지 코가 약해져서인지 가끔 코피도 흐르니까 흡연량을 조금 줄이거나 좀 더 마일드한 담배로 바꿔야겠다고 생각했다.

　"오…, 말보로 레드라니…, 터프한데?"

　팔짱을 낀 채 종종걸음으로 불쑥 나타난 여자 알바가 말을 걸었다.

　그녀는 나와 동갑으로 근처의 전문대에서 메이크업을 배우고 있다고 했다. 3개월 정도 선배인데 만나자마자 말을 트자고 하더니 30년 친구처럼 옆에 앉아 쉴 틈 없이 종알종알 떠들어 댄다. 난 그저 조용히 음악이나 듣고 싶었는데…. 그녀는 내가 좋아하는 타입의 크고 쌍꺼풀이 짙은 고양이 눈을 하고 있었다. 눈을 깜빡일 때마다 넓게 펴 바른 마스카라가 펄럭이는 게 매력 적이라고 생각했다. 본인은 콤플렉스라며 매일같이 찍어대는 셀카에서 항상 손으로 가리는 다람쥐 같은 치열과, 웃을 때 살짝 치솟는 콧구멍이 꽤 귀여운 친구였다.

"나도 한 대만 줘 봐."

그녀는 내가 건넨 담배를 받고서 쓰레기 박스 뒤의 구석진 곳으로 들어가 불을 붙인다.

"왜 항상 숨어서 피는 거야? 죄짓는 것도 아니고……."

"여자가 담배 피우면 싸 보이잖아. 남자들은 담배 피우는 여자 싫어하지 않아?"

약간은 성차별적인 발언에 미간이 살짝 찌푸려졌다.

"글쎄…, 사람마다 다르지 않을까? 난 나랑 같이 피워주면 좋을 것 같은데."

"에효…, 남자 친구가 별로 안 좋아해서…. 곧 끊을 거야 현모양처가 꿈이거든."

"음…??"

"뭐."

"아니…, 응원한다고. 너의 현모양처."

"뭐래니…, 나 먼저 들어간다! 빨리 와 심심해."

그녀는 "카악~" 소리를 내며 가래침으로 정확하게 바닥의 담뱃불을 끈 후, 노란색 패딩을 한껏 여미고서 종종걸음으로 내려갔다. 그래, 적어도 불은 확실하게 껐으니까. 안전제일도 현모양처의 필수요소 중 하나일 테니. 나는 어쩐지 이 여인의 꿈을 응원해주고 싶었다.

그녀는 내가 그동안 알고 있었던 현모양처의 조건들과는 확실히 정반대 타입의 양아치였다. 어쩐 일인지 그렇게 명문고도 아녔으면서 그 흔하다는 일진 한 번 못 만나며 행복하게 살아온 나로서는 처음 보는 진성 양아치인 그녀의 행동과 허세 하나하나가 그저 신기할 따름이었다. 흰 피부에 예쁘장한 얼굴로 처음 만나는 사람과도 생글생글 웃으며 이야기할 수 있는 친화력을 지닌 그녀는 어지간한 농담에도 당돌하게 대처하는 위트도 있어서 아저씨들의 사랑을 독차지하곤 했다. 나와 선희가 서빙할 때의 온도 차이가 너무 선명해서 약간 상처받을 정도였다.

또한 대단히 수다스러운 사람이기도 했는데 덕분에 항상 조잘거리는 그녀의 화려했던 중고등학교 시절, 학과의 재수 없는 여자 무리와 그 주변의 파벌 싸움, 무능한 자신의 부모 이야기, 미래를 약속한 세상에서 가장 매력 있다는 세 번째 남자 친구의 이야기를 흥미진진하게 듣곤 했다. 그녀는 기본적으로 달변가 타입이었다.

"신기하게 나랑 같은 노래를 제일 좋아하더라고."

사랑하는 연인들은 항상 나무 조각으로 왕자 공주님의 역할놀이를 하는 어린아이처럼 사소한 것들에 의미를 부여하며 감정이입을 하곤 한다. 이 친구도 마찬가지로 애인의 이야기를 할 때면 경건한 성서라도 암송하듯 두 손을 가지런히 모으고 눈을 반짝이며 의미를 부여했다.

나처럼 기억력이 안 좋은 건지 아니면 남자 친구가 자신과 같은 노래를 좋아한다는 것이 그녀의 인생에서 소름 돋을 만큼 놀랍고 신기한 일이었는지는 모르지만, 매번 윤미래의 '검은 행복'이란 노래를 반복 재생하며 적어도 일주일에 한 번씩은 듣게 되는 둘의 첫 만남 이야기엔 대체 어떤 반응을 보여야 할지 당혹스러웠다.

"가사 하나하나가 마음에 스며들어."

선희는 노래가 나올 때마다 가사가 항상 자신의 이야기 같다며 미간 사이를 구긴 채 심각한 표정과 손짓으로 노래를 따라 부르곤 했다. 하지만 선희는 노래의 가사처럼 흑인 혼혈이 아니었다. 오히려 투명할 정도로 흰 피부 탓에 명란젓처럼 피부 사이사이로 퍼런 핏줄들이 선명하게 보였다. 그리고 결정적으로 절망적인 박치였다. 그러나 절대 '검은 행복'을 부르는 그녀를 놀리거나 무시하지는 않았다. 평소의 성격상 모욕을 당하면 부들부들 떨다가 급작스레 담뱃불로 이마를 지질 수도 있는 행동파

였기 때문에 그저 조용히 고개를 끄덕이며 감동받았다는 듯이 촉촉한 눈을 몇 번 깜빡이는 것으로 상황을 회피하고는 했다.

그런 사소한(?) 부분만 제외하면 우리는 꽤 손발이 잘 맞는 팀이었다. 덜렁거리는 통에 항상 '빵꾸'를 내는 그녀를 대신해 나는 간식의 재고정리와 입출금 내역 관리 등 세심한 부분을 맡아서 했다. 선희는 단골 아저씨들의 잔심부름이나, 나로서는 절대적으로 취약했던 비위 맞추기, 진상 손님들에게 한 차원 높은 수준의 진상 되돌려주기 같은 액티브한 일들을 도맡았고 덕분에 일은 한결 편안했다. 하지만 사건은 해가 뉘엿뉘엇 질 때쯤의 평일 저녁, 편의점에서 피자 호빵과 야채 호빵을 두고 10분째 고민하는 중 일어났다.

그녀의 연애를 응원하고 있다

평일 오후의 갑작스러운 사장님의 전화 속에는 수화기 틈새로 넘쳐나는 분노가 국수가락처럼 뽑혀 나올 듯, 짜증이 가득 실려 있었다.

"태균아, 지금 어디니?"

누군가가 날 다급하게 찾으면 열에 아홉은 안 좋은 일인데…. '충북 제천이요'라며 상황을 회피해볼까 생각했지만 열의 '하나'의 가능성에 걸어본다.

"피시방 근처 편의점입니다."

"오…, 잘됐네. 혹시 평일 이틀 정도 땜빵해줄 수 있니?"

젠장…. 아홉이었다. 최대한 찝찝한 목소리로 대답한다.

"음…, 크게 바쁜 일은 없는데 무슨 일 있나요?"

"선희가 며칠째 전화도 안 받고 무단결근 중이다. 사람 미치겠네……."

"어…? 아…, 네. 일단 금방 가겠습니다."

선희가 비록 양아치에 극심한 기분파이기는 해도 약속을 어길 친구는 아니었다. 궁금한 마음에 황급히 전화를 끊고 눈앞의 호빵을 대충 계산한 뒤 편의점을 나섰다.

사장님은 잔뜩 독이 오른 얼굴로 팔짱을 끼고 앉아 있다가, 나를 보자마자 엄마에게 고자질하는 시누이처럼 쪼르르 달려와서는 자초지종을 털어놓는다. 원래 주중 야간을 담당하는 선희였는데 화요일 저녁 갑작스레 울면서 뛰쳐나가더니 그 후로는 전화도 문자도 묵묵부답이라는 것이다. 사장님은 이틀 정도 혼자서 커버하시다가 목요일 저녁 친구들과의 술 약속에 못 나갈 것 같으시자 결국 분노가 폭발해서 나에게 급히 연락하셨다고 한다.

하긴 환갑을 훌쩍 넘긴 노인이 담배 연기가 자욱한 피시방에서 엉덩이를 구겨야 겨우 들어가는 의자에 끼겨 앉아있는 모습은 보기 미안한 광경이긴 하다. 빵빵한 배를 들썩이며 숨을 쉬는 모습이 잔뜩 독이 오른 복어 같아 약간 우스꽝스럽기도 하고 처량한 것이, 입구에서부터 손님들의 기분을 한껏 미묘하게 할 터이니 말이다.

"예…, 다녀오세요. 이삼일 정도는 제가 할 수 있어요."

"고맙다. 크게 다른 건 없을 거야. 아 그리고 알바 사이트에 구인광고 좀 올려줘라."

"네, 제가 알아서 할게요. 다녀오세요."

"에잉…, 내가 고거 언젠가는 사고 칠 것 같았다."

사장님은 투덜거리며 코트를 챙기고서 빠른 걸음으로 사라지셨다. 도대체 선희에게 무슨 일이 일어난 걸까…. 야간의 피시방은 한산했다. 3~4명의 단골만 제외하면 거의 독방 수준으로 인기척조차 못 느낄 정도니까. 항상 하던 대로 진열대를 정리하고 계단을 청소한 뒤 가끔 자리를 돌며 정리만 해주면 된다.

"알바 아가씨는 뭔 일 있어?"

항상 발목을 꽉 조이는 회색빛 '츄리닝 바지'를 입는 아저씨가 물었다. 벌써 세 명째다. 얘는 도대체 얼마나 오지랖을 부리고 다녔기에 다들 이러는 걸까? 본 적은 없지만 어쩐지 알 것 같기도 하다.

선희는 생각하는 걸 좋아하지 않는 듯했고 말을 거는 것을 무척 좋아했다. 피자빵을 전자레인지에 돌리는 시간이나 이어폰을 꼬이지 않게 감는 법, 오류가 난 컴퓨터를 재부팅 하는 방법 등등 조금만 노력해봐도 금방 알 수 있는 모든 것들을 물어왔다. 심지어 게임을 하는 아저씨들에게조차도 하는 게임 이름이나 좋아하는 캐릭터, 월정액 요금이나 결제방식 같은 시시콜콜 질문들을 끊임없이 던져댔다. 아저씨들도 처음에는 예쁘장한 여자아이가 관심을 가져주니까 신이 나서 열심히 대답해주곤 했지만, 정도가 약간 지나친 그녀의 질문공세에 슬슬 힘들어

하는 모습이었다. 내가 있을 때는 그나마 괜찮더라도 그녀 혼자 카운터를 지키는 평일 야간에는 어떤 상황이었을지 안 봐도 뻔했다. 하지만 그녀가 조잘거리며 헤집고 다니는 곳은 늘 활기가 넘쳤다. 귀찮기는 하지만 짜증나지 않는 분주함이 어두컴컴하고 조용한 피시방의 유일한 활력이었으니까. 어쩌면 그녀의 공백이 크게 느껴지는 것은 당연하다. 아저씨들도 무의식중에 그 빈자리가 느껴지는 거겠지.

"좀 아프대요⋯. 며칠 못 나올 것 같은데요."

"글쿠만⋯⋯."

아저씨는 짧게 고개를 끄덕이고는 뿌리박힌 지박령이 자리로 녹아들듯 스르르 사라졌다. 창고 정리와 사소한 일들을 끝마친 후 이어폰을 꽂고 카운터에 앉았다. 편의점에서 사 온 호빵은 이미 차갑게 식어있었지만, 다시 데우기도 귀찮아서 그냥 한 입 베어 물었다. 팥 호빵이다.

'아⋯, 뭐야 진짜⋯. 얘는 어디서 뭐 하고 있는 거야?'

괜스레 선희에게 짜증을 냈다. 그녀가 없는 피시방은 메마른 사막 표면같이 퍼석하다.

그녀에게 전화가 온 것은 다음 학기 수강신청에 늦어 교양 2학점만을 신청하는 대참사를 일으킨 뒤, 미국행 비행기 표를 알아보던 다음 날 새벽 1시쯤이었다. 핸드폰 화면에 선명하게 찍혀있는 '피시방 선희'라는 글자에 화들짝 놀라 급히 받았다.

"야 뭐냐 전화도 안 받고? 너 어디야?"

궁금함을 감추고 짐짓 태연한 척 말했다.

"야…, 태규…ㄴ 크흡흫흐으……."

아…, 운다…. 직감적으로 귀찮은 상황이고 당장 끊어야 한다는 걸 알고 있었지만, 항상 투덜거리면서도 단호하게 쳐내버리지 못하는 성격이다.

"왜 그래? 무슨 일 있어?"

정말 궁금하지 않았지만, 기계적으로 물었다.

선희는 이미 술을 잔뜩 걸친 듯 말이 꼬여 있었다. 끊임없이 울면서 먹어대는 코 때문에 어떤 말을 하는지 정확하게 알아들을 수는 없었다. 하지만 우려했던 대로 오랜 시간 끊임없이 되풀이하는 이야기를 분석하며 종합해본 결과 그날 선희가 울면서(그녀의 표현으로는 절규) 피시방을 뛰쳐나갔던 이유는 남자 친구가 집에서 쉰다며 자신을 속이고 업소녀가 나오는 룸에 간 사실을 알아버렸기 때문이었다. 그녀의 주변에는 쾌락과 유흥을 제공하는 직업을 가진 친구들이 유독 많았는데, 마침 남자가 그녀의 친구 중 한 명이 서빙을 하는 업소에 방문했고 평소 선희의 세뇌에 가까운 사진 공세로 얼굴을 확실하게 알고 있던 친구가 서둘러 연락한 것이다. 전 남자 친구의 잦은 바람과 클럽 출입으로 상처를 받아 헤어진 후 순수해 보였던 지금의 남자에게 끌려 사귄 것이라 더욱 상처가 크다며 또다시 울음을 터뜨린다. 나는 이런 드라마에서나 나올 법한 사건이 그녀에게 일어났다는 사실이 놀라우면서도 도대체 왜 이런 이야기를 나한테 하고 있는지 의아했다. 그러니까 내 말은 우리가 이런 이야기를 할 정도로 깊은 우정은 딱히 아니라는 것이다.

"아…, 몰라 나 오늘 술 더 마시고 확 죽어버릴*끄*야…, 흡끅! 그 자식 후회하게 해줄 거야!!!"

어째서 나의 주변 사람들은 만취하면 죽어버린다며 울어대는지 모르겠다. 그리고 그 사실을 유독 꼬박꼬박 나에게만 알리는 이유는 도대체 뭘까. 뭔가 죽기 직전의 고해성사 같은 걸까? 나에게?

이런 생각을 하는 중에도 그녀의 입은 쉴 줄을 모른다. 머리가 지끈거린다. 하지만 건네는 어떠한 위로나 말들도 도움이 되지 않을 걸 알기에 핸드폰에서 귀를 조금 떼고 말없이 듣고만 있었다.

그녀는 지금 마치 병처럼 사랑을 앓고 있다. 그것도 상당히 지독하게.

"나 부탁이 있는두웹……."

그래, 이걸 기다리고 있었다. 길고 긴 통화의 주제가 밝혀질 시간이다.

"음…, 말해봐."

"나 중간에 나오는 바람에 보름치 알바비를 못 받았거든….
사장님 뵙기가 민망해서 그런데 네가 말 좀 해줄 수 있을까?"

그녀가 처음으로 또박또박 말한다. 조금 전에 자살하신다
면서…. 어이없지만 귀엽기도 한 이런 모습도 그녀의 매력 중 하
나다.

"그래. 사장님 지금 좀 화나신 상태니까 좀 진정되면 말씀
드려보고 연락 줄게."

선희는 고맙다고 말하고서 이제 자살하러 간다며 다시 울
기 시작했다. 30분 정도를 더 다사다난했던 여인의 사랑 이야기
를 들어주다가 그녀의 핸드폰 배터리가 수명을 다한 덕분에 겨
우 전화를 끊을 수 있었다.

한바탕 폭풍이 몰아친 듯하다. 듣는 것만으로도 이렇게 힘
들다니…. 탄산 한 캔을 손에 든 채 고개를 절레절레 가로저었
다. 하지만 한편으론 부러운 마음이 들었던 것도 같다. 그렇게
누군가에게 흠뻑 빠져서 열렬히 불타오르다 사랑 때문에 운다
는 건 어떤 느낌일까? 여태 살면서 경험했던 가장 강렬했던 사
랑의 상처도 그때의 그녀 같지는 않았기에 나는 아직도 그런 마
음을 알 수 없다.

내가 짝사랑했던 그녀는 입을 크게 벌리고서 목젖이 보이
게 웃는 첫인상이 매력적이었다. 그러다가 하루는 얇고 도드라

지게 튀어나온 아킬레스건이 아름다워 보였다가도 며칠 뒤에는 귀 뒤로 흘러내리는 잔머리가 그렇게 사랑스러울 수가 없었다. 결국, 매일 가져다 붙였던 수많은 이유는 다 핑계일 뿐 단지 그녀였기 때문에 좋았다는 사실을 알게 되었고 그런 생각을 둘만의 술자리에서 조용히 고백했다. 어떤 식으로 전해야 할지 몰라 '나는 사과 같은 아삭한 과일보다는 부드러운 열대과일을 좋아하는 편이야'라고 말하듯 담담하게 말했던 것 같다. 하지만 그 사람은 미안한 눈빛으로 이미 마음에 둔 남자가 있다며 거절했고 우리는 맥주 한두 잔을 더 마신 뒤 각자 흩어졌다. 그렇게 짝사랑은 허무하게 끝났다.

　그 후 집으로 돌아가면서 거절당했다는 부끄러움보다 그녀가 누군가를 사랑하고 있다는 말이 더 상처였던 것 같다. 내가 지금 이 사람에게 느끼는 두근거림, 긴장감, 설렘, 슬픔, 분노들을 그녀 또한 다른 남자에게 느끼고 있다는 사실은 나를 너무 비참하게 만들었다. 차라리 못생겨서 싫다고 말해줬다면 '나쁜 년…. 팩트로 폭행하다니…'라며 욕이라도 해줬을 텐데. 그래도 어쩐지 참 후련했다. 어이없을 정도로 단숨에 털어버린 것을 보니 지긋지긋했던 감도 얼마큼은 있었나 보다. 며칠 정도 친구들에게 놀림당하다가 낄낄거리며 술을 마시고 노래방에서 신나게 뛰놀면서 생각보다 금방 회복했다. 올림픽공원 장미광장 벤치에 앉아 산책하는 건지 뒤엉켜 있는 건지 모르겠는 커플들을 멍하니 바라보면서 '앞으로는 이런 순애보적인 짝사랑은 도저히 못 하겠지' 그리고 '그 남자 그래도 괜찮은 사람이었으면 좋겠다. 물론 나보다는 별로겠지만' 같은 생각을 했었다. 그때 내가 좀 더 억울해했거나 간절했었더라면, 선희 같은 감정을 느껴볼 수 있었을까.

선희와의 통화 후 일주일 뒤 나는 결국 미국으로 떠났기 때문에 그녀가 돈을 받았는지, 원하는 대로 담배를 끊고 현모양처의 꿈을 이루었는지는 알 수 없게 되었다. 하지만 나는 요즘도 가끔, 늦은 밤 침대에 누워 마음속으로 소소하게나마 선희를, 아니 그녀와 같이 불타오르고 있을 20대 초반의 모든 사랑을 조용히 응원하고 있다.

그것은 뭐랄까, 마치 따뜻한 녹차 한 잔을 손에 쥔 채 어린이 야구 경기를 응원하는 것과 같은 느낌이다. 그들은 미숙하다. 우격다짐으로 휘두르며 그저 감정에 휩싸여 열정과 힘으로 밀어붙이는 모습은 '저건 좀 아니지 않나…' 싶은 생각이 들게 만들 때도 있다. 그러나 한편으론 나도 모르게 몰입하게 되는 뜨거운 무언가를 보여주기도 한다. 그들의 숨김없이 내비치는 막 잡은 참치같이 펄떡이는 감정들을 보고 있자면, 나도 모르게 '우와…, 그래 힘내라…. 멋지다!'라고 응원하다가 내 가슴도 두근거리게 되어버린다. 그러면 이내 '참…, 답지 않게 주책이야' 하

면서도 언젠가는 나 또한 저런 사랑을 해볼 수 있길 조용히 상상
해보곤 하는 것이다.

'하…, 나는 언제쯤 선희 같은 사랑을 해보려나……'

조용한 밤 침대에서 몸을 뒤척이다 우연히 떠오른 그녀 생
각에 나와 그녀의 연애를 응원하게 되는 그런 날이었다.

친구야, 사는 게 뭘까

사람은 누구나 죽는다.

문득 그 어이없고도 당연한 사실이 생각날 때마다, 항상 걷잡을 수 없는 허무함에 빠지곤 한다. 나름대로 치열하게 성장한 역사 속에서 무수한 발명과 발견들이 이루어졌지만, 상대성 이론을 발표한 아인슈타인이나 위대한 철학자 소크라테스도 그들의 무덤 위치조차 알지 못한 채 죽었다고 생각하면 갑자기 모든 것이 시시해진다. 죽은 후에는 아무것도 알 수 없을뿐더러 상관조차 없어진다. 어떤 사람이 장례식을 찾아오고 내가 세상에 없음을 어떻게 받아들이며 어떠한 표정을 지을지, 또 부조금은 얼마나 낼지 따위의 것들은 아무래도 좋을 뿐이다.

그런 죽음과 바짝 붙어 20대를 보내왔기에, 암 투병을 응원해주는 주변 사람들의 따뜻한 응원과 관심을 받으면서도 지금의 내가 결론지은 인생이 그저 외로움과 시시함뿐이란 사실은 날 비참하게 만들었다.

내 뒤에 바짝 붙어있는 죽음을 군이 사람으로 비유하자면 뿔이 솟고 불을 내뿜는 무시무시한 악마의 이미지라기보다는 뭐랄까, 삐쩍 마른 몸에 유난히 튀어나온 목젖, 심하게 움푹 패여 눈썹 밑으로 짙은 음영이 드러나게 쑥 들어간 눈두덩이, 그리고 애처롭게 남은 몇 가닥의 흰머리를 소중히 길러 윗머리에 조심스럽게 걸친 90대의 할아버지 같은 이미지라고 해야 하려나.

이 할아버지는 마음 한구석에서 조용히 앉아있다가도 이따금 내뱉는 콜록콜록 기침 소리가 문득문득 사람을 섬뜩하게 하는 그런 타입이다. 밉상인 엉덩이를 발로 뻥 차서 내쫓고 싶기도 하지만, 또 마냥 미워할 수만도 없는 노릇이다. 나를 닮아있는 이 할아버지에게 느껴지는 알 수 없는 묘한 동질감에 가끔 위로받을 때도 있었으니까.

'역시 90대 할아버지라면 난닝구를 입고 있으려나…' 같은 자잘한 상상을 하는 중에 길 건너편 학진이가 보였다. 고속도로 표지판조차 흐릿하게 보이는 나라도 멀리서 꿈틀거리는 실루엣이 친구라는 사실은 단박에 알 수 있었다. 남색의 두툼한 패딩에 두 손을 푹 찔러 넣고 옷 속에 옷걸이를 빼지 않은 채 나온 건 아닐까 싶을 정도로 두 어깨를 힘껏 추켜올리고서, 길쭉하고 가느다란 다리를 성큼성큼 휘청휘청하며 걷는 것은 친구의 시그니처 같은 자세니까.

오늘은 새로 업데이트가 된 게임을 하기 위해 2주 전부터 약속한 만남이다. 친구의 어머님과 여동생이 여행으로 집을 비운 틈을 타 하루를 묵어가며 게임을 할 약속을 잡은 것이다.

친구는 잔뜩 추켜올린 어깨는 내릴 생각도 하지 않은 채 손을 번쩍 들고 "여!"라고 외친 뒤 씩 웃었고, 나는 그런 모습이 어쩐지 우스꽝스러워서 킥킥거리며 웃었다. '저 영락없는 아저씨가 나와 동갑이라니…'라는 약간의 안타까움과 함께 서로의 안부를 물은 뒤, 가져온 짐을 풀어놓기 위해 오랜만에 친구의 집을 들렀다. 한두 번 정도 방문한 것이 다지만, 왜인지 모르게 익숙하고 반가운 곳이다. 코트를 옷걸이에 조심스레 얹어두고 거실로 나왔다. 그러고는 황갈색의 소파에 눕다시피 앉아 탁자에 널브러져 있는 과자를 입과 주머니에 쑤셔 넣으며 말했다.

"이 집에 몇 번 와본 적도 없는데 왜 이렇게 익숙하고 좋은지 모르겠네."

"이 집이? 난 좁아터져서 지긋지긋한데."

"왜? 나는 나중에 돈 벌면 이런 집에서 살고 싶은데……."

"그럼 우리 옆집으로 이사 오면 되겠네."

"그러면 좋겠다. 이런 집에서 혼자 살면 너무 좋은데."

말을 하고 나니 문득 터무니없는 꿈이란 생각이 들었다. 스물아홉 살 변변찮은 스펙의 남자가 혼자 살기에는 터무니없이 비싸고 사치스러운 집이었다. 친구의 집에 짐을 다 풀어놓고 나니 어느덧 점심을 먹을 시간이었다. 밖으로 나오자 날씨가 제법 쌀쌀해서 최적의 게임 환경을 즐기기 위해 신고 온 슬리퍼 사이로 찬바람이 스치며 지나다녔다. 예전에 병실에서 만난 할아버지는 찬바람이 발을 휩쓸고 지나갈 때마다 송장이 된 것 같은 느낌이라며 간병하는 할머니에게 역정을 내고는 했는데, 나는 이 기분이 그렇게 싫진 않았다. 얼어버린 아스팔트 위를 종종걸음으로 걸어가면서 우리는 무엇을 먹을지 고민했다. 친구의 동네로 찾아왔으니 메뉴를 정하는 것은 집주인의 역할이라 한결 마음이 편하다. 물론 나도 이 동네에는 지박령 못지않게 오래 살았으니까 친구가 아는 곳이 내가 아는 곳이지만, 일단은 내가 손님의 역할을 맡고 있으니까 친구가 메뉴를 고르면 내가 판단하는 갑의 역할을 은근슬쩍 가로챘다.

"돈가스? 아님 초밥? 맛있는 초밥집이 있는데 한번 사주고 싶네."

"흠…, 뭐 아무거나 상관없어."

이렇게 말하지만 완곡한 거절이다. 역시 이런 식의 완곡하면서 재수 없는 형태의 거절은 즐겁다.

"그럼 갈치조림은 어때? 이 앞에 정말 맛있는 곳이 있는데 너도 알 거야. 내가 저번에 말한 아귀찜 잘하는 곳 있잖아."

"아…, 그 집! 거기 갈치조림도 팔아?"

"응, 정말 먹고 싶었는데 주변 친구들은 맵고 자극적인 음식을 좋아하지 않더라고. 그래서 손님이나 친구들을 만날 때마다 물어보고 있어."

안쓰럽다. 사실 그냥 먹으러 가자고 말할 수 있는데 이런 식으로 장황하게 설명하며 가고 싶다고 말하는 건 왠지 짠하다. 학진이는 남의 기분을 배려하는 사람이다. 고작 갈치조림일 뿐이고 거절한다 해서 친구가 크게 슬퍼할 일도 아니지만, 학진에게서 느낄 수 있는 이런 짠스러운 배려를 정말 좋아한다.

"그래, 가자. 맛있겠네."

동의는 했지만, 사실은 한두 번 정도 더 거절하고 싶었는데 이런 식의 배려가 들어오면 어쩔 수 없다. 진 것 같은 느낌이다. 갈치조림을 먹으며 대화하던 중, 미국의 슈퍼볼 복권 이야기가 나왔다. 1등 당첨금이 무려 1조 8천억 원이고 당첨되면 어떤 일을 하고 싶은지에 관한 시시껄렁한 이야기들. 친구는 재테크를 하겠다고 한다.

"너무 안정적이지 않아? 무려 1조 8천억 원이야. 세금을 떼도 평생 아무것도 하지 않아도 되는데 고작 재테크라니… 더 모아서 어디다 쓰려고?"

나는 어이가 없어서 피식하고 웃었다.

"어떻게 될지도 모르겠고 일단 아끼고 보는 거지, 뭐에 쓸지는 천천히 생각해 봐야지."

"재미없네. 어차피 상상인데 통 좀 크게 써봐."

"넌 어떻게 사용할 건데?"

"나는 너네 집 앞 동을 다 밀어 버리고 크게 바나나 농장을 지을 생각이야."

"가락시장 한복판에?"

"어, 통유리로 된 거대 온실 농장을 만들어서 바나나를 키워볼 생각이야. 어때?"

"그러면 사람들이 찾아와서 돈 좀 달라고 하지 않을까? 우리나라 로또에만 당첨돼도 별의별 곳에서 연락이 와서 해외로 도피한다고 하던데……."

어이없어 하던 친구가 현실적으로 고민하기 시작했다.

"뭐 그럼 보디가드도 몇 명 고용하면 되지 않을까? 어차피 돈도 많은데."

나는 웃으면서 말했다.

"그렇게 쓰다가는 1조도 금방 다 쓸걸? 온실 농장 유지하는 게 돈이 얼마나 많이 들어가는데."

"뭐 그럼, 그 땅 다시 팔고 게임이나 하지 뭐."

별생각 없이 대답했다. 어차피 공짜로 생긴 돈, 송파구 한복판에 바나나 농장 한번 지어보는 게 뭔 대수인가 싶었다. 어차피 상상이고 그 많은 돈 다 쓸 만큼 활력 넘치는 삶도 아닌 것을.

돈에 목매는 삶이 싫다. 정확히 말하자면 돈에 목적을 두는 삶이 싫다. 한 푼이라도 더 벌기 위해서 모든 가치관과 시간을 돈에 집중하며 목매는 모습은 멋있어 보이지 않는다. 물론 아직 책임질 것들이 없는 백수의 넋두리일 뿐일지도 모른다. 하지만 한 푼이라도 더 벌기 위해 너무나 많은 것을 포기해가며 살고 싶은 생각은 추호도 없다. 없으면 좀 덜 쓰고 있을 땐 좀 더 쓰면 된다고 생각하니까. 성격 때문일지도 모른다. 아니 어쩌면 병원에서 봐 온 것들이 그런 생각을 더욱 확고하게 만든 걸지도 모르겠다.

비좁은 5인실을 쓰면서도 매일같이 병문안을 오는 지인들에게 둘러싸여서 진심 어린 위로와 축복을 받는 노인, 그리고 특실에 머무르면서 전문 간병인과 호화로운 병원 생활을 하면서도 아무도 찾아오지 않아, 매일같이 복도 앞 벤치에서 멍하니 바깥을 바라보는 것이 하루의 모든 일과가 되어버린 노인을 동시에 보면서 물론 돈이 많다면 훨씬 편하기야 하겠지만, 젊을 때 벌어놓는 돈이 과연 '내가 생각하는 것만큼' 가치 있는 일인지 확신이 들지 않았다.

소중한 것들은 종종 누더기를 입고 우리 곁에 머물러 있다고 생각한다. 그래서 평상시에는 눈치채지 못하고 심지어 종종 얕잡아볼 때도 있다. 그러고선 그 소중한 것들이 뒤돌아 떠난 뒤에야 자신의 어리석음을 한탄하고 '있을 때 잘할걸…' 따위의 구닥다리 후회나 늘어놓곤 하는 것이다. 물론 나도 여전히 돈이라면 두 눈을 반짝거리며 달려드는 세속주의자에 햄버거와 콜라를 들이키며 겨우겨우 붙잡은 소중한 건강을 다시 멸시하는 바보 같은 사람이지만, 정말 소중한 것을 향해 눈을 두고 있는 방향성만은 지키며 살아가려 노력한다.

꿈꾸는 완벽한 인간은 나같이 게으른 사람에게는 무리일지도 모른다. 소중한 것에 시선을 끝까지 두고서 살짝 엇나가더라도 시선만은 뺏기지 않는 삶, 그 정도면 그럭저럭 목표 달성이라고 생각한다.

이런저런 싱거운 대화를 마치고 우리는 결국 1조 8천억 원을 어떻게 쓰는 것이 가장 현명한 것인지 결론짓지 못한 채, 악으로부터 세상을 구하기 위해 피시방으로 발걸음을 옮겼다. 그리고 바로 다음 날, 슈퍼볼 당첨자가 나왔다는 기사를 읽었고 가락시장에 큰 바나나 농장을 설립하겠다는 꿈도 기약 없이 미루어졌다.

말을 조심해서 생기는 사고는 없다

한겨울, 제2 롯데월드 건설현장에 막노동을 하러 다닌 적이 있다. 당시의 나는 반복되는 수술과 실패로 지쳐있었고 생각이 너무 많았다. 몸을 쓰면서 생각을 멈추고 싶어 약간은 충동적으로 시작했다. 게다가 돈도 주니까.

안전교육 자격증을 수료하고 인력사무소를 통해 팀장을 소개받았다. 팀장님은 딱 봐도 아파 보이는 내 얼굴을 보고 걱정하는 듯했지만, 자아를 찾아 헤매는 소시민적 애환이 담긴 눈빛으로 보호 본능을 어필하자 이내 어쩔 수 없이 수락하고 말았다. 물론 다음 날 당장 현장인력이 필요했기 때문이라고는 생각하지 않는다.

다음 날 새벽 6시에 잠실역 7번 출구 앞에서 팀장님과 숙련공 아저씨 그리고 나를 포함한 두 명의 사이드킥으로 구성된 팀을 만날 수 있었다. 나는 팀장과 그리고 숙련공은 다른 친구와

조를 이루었다. 숙련공 아저씨는 성격이 괴팍하고 입이 거칠었으며 일을 굉장히 열심히 하는 타입. 덕분에 그의 조수였던 친구는 항상 죽을상을 지으며 여기저기 뛰어다녔다.

일과는 기대했던 만큼 힘들었고 단순했다. 매일 아침 6시에 일어나서 제2 롯데월드까지 걸어갔다. 헬멧과 안전 기어를 착용하고 6층 플로어에 인부 모두가 모여 아침체조를 했다. 그리고 "안전 제일! 안전 최고! 안전 좋아!"라는 직설적이지만 약간은 수치스러움이 느껴지는 안전구호를 외친다. 마지막으로 각각의 총괄 작업반장님 주위로 모여 약간의 회의를 한 뒤 일과를 시작했다. 전기 케이블 보조 역할이었는데 주로 공구를 나르거나 옆에 붙어 무거운 걸 들거나 옮기는 일이었다.

점심은 주로 혼자 먹었다. 객관적으로 자신을 바라봐도 당시의 나는 굉장히 사연 있어 보이는 얼굴이었기 때문에 마치 톱스타가 된 듯 주변의 시선이 쏠렸지만 별로 신경 쓰이지는 않았다. 식사를 마치면 휴게실에서 한 시간 정도 낮잠을 자고 다시 일을 시작했다. 약간 즐거웠고, 살짝 서글펐다.

총괄 작업반장님과 팀장님은 나를 유독 많이 챙겨주셨다. 얼마 전까지 암 환자였던 청년이 상처투성이의 얼굴로 노동한다고 하니까 아마도 집이 블록버스터급으로 가난하다고 생각하신 것 같다. 매일같이 따로 불러내 점심을 거르는 대신 매점에서 사용할 수 있는 오천 원어치 포인트를 추가로 쓰게 하셨다. 그분들의 어쩐지 복잡 미묘하고 촉촉한 눈빛에 압도되어서 사실 올림픽공원이 바로 내려다보이는 주상복합에서 살고 있다고 차마 말할 수가 없었다. 덕분에 한동안 집에는 과자가 풍년이었고 어머니가 좋아하셨다.

그러던 5일째 저녁, 조회시간에 숙련공 아저씨가 느닷없이 자신의 조수를 나와 바꾸자는 제안을 팀장님께 건넸다. 자신 밑의 알바는 비실비실하고 눈치 없어 같이 일하기 힘들다고 한다. 면전에서 그런 말을 하는 숙련공이 무례하다고 생각했다. 말은 드랍 커피와 같이 언제나 필터링이 필요하다. 상처받은 사람에게 '별 의미 없이 말했어'라며 뻔뻔하게 변명하는 것만큼 무책임한 일도 없다. 말은 항상 의미를 담아 말해야 한다. 생각 없이 말한 것 자체가 잘못이니까.

반장님이 조심스레 의사를 물었고 나는 딱히 타인의 무례한 언행에 상처받는 타입이 아니라서 알겠다고 했다. 무엇보다 그의 조수였던 친구가 너무 힘들어하기도 했고.

교체가 결정되자 아저씨는 손가락을 까닥이며 말했다.

"공구함 8층 전기실에 미리 가져다 놔."

"네. 근데 제가 호칭을 어떻게 해야 해요?"

"맘대로 불러 인마, 그런 것까지 내가 말해줘야 해?"

"음…, 오빠?"

아저씨는 가던 걸음을 멈추고 뭐 이런 미친놈이 있냐는 눈빛으로 날 쏘아보았다.

"반장님이라고 불러."

반장님은 급하게 짐을 챙기고서 먼저 퇴근하셨다. 맘대로 부르라면서…….

짧았던 대학과 군대생활에서 배운 점은 만약 조직생활을 할 때 특출 난 재능이 없다면 눈치 빠르게라도 행동해야 한다는 것이다. 그래서 딱히 작업 기술이 없는 나는 매일 아침 먼저 커피믹스를 타 놓고 공구함은 작업장에 미리미리 챙겨두었다. 일하는 패턴을 잘 지켜보다가 말하기 전에 먼저 도구를 건넸다.

작업장 아저씨들은 믹스커피를 신속하게 대령하는 것에 썩 만족하는 듯했다. 사회생활을 잘할 것 같다는 말을 커피를 드리는 거의 모든 인부에게 들었다. 조수 친구들은 이 새끼 나중에 직장 들어가면 상사 X꼬 빨아재낄 놈이라며 놀렸지만, 나는 도덕 범위 안에서 누군가를 빨아 인생이 부드럽게 흘러갈 수 있다면 세계 최강 성능의 비데가 되어주겠다고 대답했다.

하지만 그런 나라도 반장과의 작업은 확실히 까다로웠다. 어느 날 작업 도중 반장은 날 보지도 않은 채 손을 쭉 뻗으며 말했다.

"앙카."

"앙카요?"

무슨 잉카문명의 유물 같은 건가 싶은 생각으로 공구함을 뒤적였다.

"넌 대학 나온 놈이 그것도 몰라?"

기다리던 반장은 신경질적으로 앙카를 찾아 낚아채면서 소리를 질렀다. 잠시 동안 대학에서 앙카를 가르쳐주는 과목이 있었던지 고민했다.

"저 대학 안 나왔어요. 퇴학당해서 고졸이에요."

대답하면서 혼자 웃었다. 나는 이런 자학개그를 좋아한다.

"뭔 사고를 쳤길래 퇴학이야?"

"휴학은 5년밖에 못하는데 병이 치료가 안 끝나서 복학 못하고 퇴학당했어요."

반장은 대답이 없었고 내 머리는 어쩐지 다시 복잡해졌다.

난 항상 작은 수첩을 가지고 다니면서 하루의 일들을 기록했다. 처음으로 '나도 글을 써볼까?'라는 생각을 했던 때였고 마침 일상을 글로 기록하면 좋다는 조언을 들었다. 글을 쓰다 보면 언제나 생각이 정리되었고 무엇보다도 즐거웠다. 물론 기록이라고 해봤자 '오늘도 역시 반장님은 최고 재수 없었다. 역대급이라고 어제 생각했는데 오늘 새롭게 경신했다. 어찌 보면 대단한 사람…' 혹은 '반찬으로 나온 홍어 무침에 홍어인 줄 알고 씹었는데 연달아 무말랭이였다. 되는 일이 없다' 따위의 것들이었지만.

"넌 뭘 그렇게 매일 쓰고 있냐?"

어느 날 반장님이 시비조로 물었다.

"그냥 이것저것 쓰고 있어요. 나중에 책을 만들고 싶어서요."

공사장 이야기를 쓰고 있다고는 말 하지 않았다. '김반장 성격 : 지랄 맞음'이란 문구가 마음에 걸렸으니까.

"글은 아무나 쓰는 줄 알아? 우리 같은 사람들은 몸 쓰면서 정직하게 먹고살아야 해"

'우리'라니…, 묘한 소속감에 어쩐지 코끝이 찡해졌다.

"왜요? 글을 꼭 정식으로 배운 사람만 쓰나…, 일기 쓰듯이 쓸 수도 있죠. 제가…."

"망치 어딨 뒀냐?"

말을 끊는 반장님에게 케이블선 뒤의 망치를 건네며 물었다.

"그럼 만약 나중에 제가 혹시 책이라도 출간하게 되면 반장님 이야기 써도 돼요?"

"그러든가. 읽어줄 사람 있나 걱정부터 해라. 그만 떠들고 6층 가서 와이어랑 못 5개 가져와."

반장님은 마치 귀찮은 파리를 쫓듯이 손을 휘휘 저었다.

어떤 이가 슬플 때, 누군가는 웃는다

작업장의 반장님은 항상 열심히 일했다. 아무도 보지 않으니까 쉬면서 할 법도 한데 매일 최선을 다해 움직이셨다. 땀을 뻘뻘 흘리고 어깨에 파스를 덕지덕지 붙이고서도 쉴 새 없이 공구질을 하는 반장님의 등은 어쩐지 아버지를 닮았다. 그래서 괜스레 짜증이 치밀었다.

"어우 힘들어, 전 좀 쉴래요."

망치질을 멈추고 바닥에 주저앉아 가지고 온 얼음물을 들이켰다.

"젊은 놈이 이런 거 하나 못해서 어떡해?"

"흥…, 이렇게 열심히 일하는 거 자제분들은 알려나 몰라."

심술이 나서 입을 삐죽거리며 말했다.

"알아봐 주길 바라고 일해? 돈 벌려고 일하는 거지."

"저도 병원비로 억대나 깨뜨렸으면서 아버지 사업은 관심도 없는 호로새끼에요. 자식 놈 고생해서 키워봤자 하나도 소용 없다니까."

점점 반장님을 따라 말에 필터링이 안 되어간다. 이건 큰일인데…….

"아이씨! 이거 콘크리트 다시 메워서 해야겠다."

반장님도 바닥에 털썩 주저앉는다. 그러고서는 왜 가져왔냐며 잔소리한 얼음물을 반 이상 벌컥거리며 들이키신다. 얄미워…….

"고등학생 때 제가 말썽 부리면 어머니는 항상, 너랑 꼭 닮은 새끼 낳아봐야 돼!!!! 하셨거든요."

반장님은 리얼한 묘사에 피식 웃으셨다.

"그때는 몰랐는데 지금 생각하니까 소름 끼쳐요. 나 닮은 자식이라니…, 끔찍해…. 그게 아들한테 할 말인가요?"

"우리 딸이 너 같은 줄 알아?"

그 후 20분 정도 대학생인 딸 자랑을 들었다. 남의 자식 자랑이라 구체적으로 기억나지는 않지만 그렇게 예쁘면 좀 소개해달라고 농담했을 때 정색하신 건 기억난다. 그 표정에 조금 상처받았다.

그날 현장에는 싸락눈이 내렸다.

항상 붉은 잠바를 입는 작업장 선배를 찾아가 눈 구경을 가

자고 했고 형은 나이가 몇인데 눈 구경이냐며 비웃었다. 그러고선 제일 신나했다.

암 병동에 있었던 싸락눈처럼 눈물을 흘리던 아주머니가 생각났다. 병간호하다가 이따금 새벽 복도에 앉아 소리 없이 몰래 눈물을 훔쳤다. 떨어지자마자 사라지는 싸락눈을 보면 그분의 눈물이 떠오르곤 한다.

"태균아."

"네, 형⋯⋯."

작업장 선배의 부름에 목소리 속 감수성을 감추지 못한 채 대답했다.

"형님이 봉급 받으면 술 한턱 쏠게⋯. 룸 잡고 질펀하게 놀아보자."

"아, 형⋯. 저 지금 마음이 촉촉한 상태니까 그러지 마세요."

형은 킥킥거리며 작업장으로 올라갔다.

결국 목표했던 보관함 설치를 마치지 못한 하루. 반장님은 살짝 투덜거렸고 나는 별로 신경 쓰지 않고 서둘러 퇴근했다. 이 일도 어느 정도 익숙해져 간다. 생각 없이 힘만 쓰면 되고 밥도 잘 주니까 영어 과외를 하던 때보다 훨씬 보람차다. '어쩌면 적성을 찾은 것이 아닐까' 하는 생각이 들 정도로. 무엇보다 정말 '노동'을 해서 '돈을 번다'는 느낌이 좋았다.

10일 차에 조회가 끝나고 '총괄작업반장님'은 잠시 나를 빌려간다고 하셨다. 그러고서는 이곳저곳을 돌아다니시며 공사현장을 견학시켜 주셨다. 콘서트홀 천장 작업장은 좀 많이 아찔했다. 고소공포증이 심해서 병원 에스컬레이터조차 발뒤꿈치에 힘을 꽉 쥔 채 타는 나로서는 얼기설기 철판들로 쌓아 올려 아래가 훤히 내려다보이는 작업장은 너무 힘들었다. 빌빌거리는 꼴이 우스웠는지 주변의 인부 아저씨들이 웃었다.

견학 후 작업반장님은 직원에게만 주는 여분의 회사용 작업 잠바를 주시면서 이 바닥도 요즘 힘들기는 마찬가지지만 여기만큼 일한대로 벌어가는 직업도 없다고, 유심히 지켜봤는데 빠릿빠릿하고 똘똘해서 앞으로도 잘할 수 있을 거라 말하셨다. 한 달만 하고 그만둘 생각이었는데…. 이번에도 촉촉한 눈빛에 압도당해서 고백할 수 없었다.

견학을 마치고 작업할 전기실에 들어가니 반장님 혼자서 갓 꺼낸 만두처럼 김을 내뿜으며 공구질을 하고 계셨다.

"좀 기다리시죠."

급하게 바닥의 먼지들을 쓸며 말했다.

"됐어. 별로 하지도 못했어."

어쩐지 가슴이 찡했다. 이것이 바로 미운 정이란 걸까? 그 후 점심까지 줄곧 어두운 전기실에 앉아 말없이 일에만 몰두했다.

점심으로는 육개장과 수육이 나왔고 '그래, 수육은 삶은 고기니까 살 안 쪄'라며 세 접시를 퍼먹었다. 터질 듯한 배를 쓰다듬으며 작업장으로 올라가는데 안전요원들의 움직임이 심상찮게 분주하다. 갑자기 인부들을 통제하더니 지하 1층의 담배 피우는 곳으로 모아 대기를 시켰다. 5열 종대로 줄을 세워 인원수까지 체크하는 모양이 큰일이라도 났구나 싶었다.

'뭐지…, 자제가 도난당했나? 아니면 부실공사로 어디가 무너지기라도 했나?'

온갖 추측을 다 했지만 어찌 됐든 일을 땡땡이치고 있어서 행복했다.

"자! 주목해주세요!"

검은 양복을 입은 높아 보이는 사람이 큰 목소리로 외쳤고 순간 모두의 이목이 쏠린다.

"인부 한 명이 추락사해서 오늘 작업은 여기까지만 하겠습니다."

'아…, 사람이 죽었구나.'

정장 차림의 아저씨는 "아마 장기간 작업 중단이 이어질 것 같으니 각 팀장님들은 회의실로 모여주세요"라고 말하고는 빠른 걸음으로 사라졌다.

그제야 마치 폭우로 댐이 터지듯 여기저기서 시끌벅적거리기 시작했다. 이미 아는 사람은 알고 있는 듯했다. '63세의 노인이고 원래 나이 때문에 들어올 수 없지만, 집 사정을 생각해서 눈감아 주었다' 그리고 '안전고리를 연결하지 않고 작업을 했다' 혹은 '그래서 아마 처리 과정이 더욱 복잡해질 것이다' 따위의 이야기들이 쏟아졌다. 나는 '사람이 죽었구나…, 가족들은 어쩌나…, 아팠겠지?'라고 생각했다. 30분 정도 후에 각 파트의 팀장님이 돌아오셨고 조원들은 그룹별로 모였다.

"아…, 들은 대로 인부가 추락사해서 아마 몇 달 동안 공사가 중단될 것 같아."

"일 탄력 받아가고 있었는데 나 원 참……."

반장님은 허탈해했다.

"돈 벌어야 하는데 큰일이네요."

돈을 모아 뉴질랜드로 워홀을 떠나겠다던 조수도 옆에서 실실 웃으며 한마디 거든다. 그 말을 들은 나는 어쩐지 발잔등에 바퀴벌레가 바스락 거리는 것 같이 불편해져서 그저 조용히 발밑 작업화만 응시했다.

"자 그럼 봉급 문제는 결정되는 대로 연락할 테니까 이만 해산합시다."

팀장님의 말을 마지막으로 팀은 뿔뿔이 흩어졌다. 장비와 출입카드를 정리 · 반납했고 그사이 다른 팀들도 이야기가 얼추 끝난 듯했다. 여기저기서 경쾌한 목소리가 들려온다.

"야! 저녁에 술이나 마시러 가자! 좋은 곳 알아"

붉은 잠바 형의 쾌활한 목소리.

"에라 모르겠다. 난 여자 친구나 만나러 가련다!"

누군가의 웃음.

어떤 이가 세상에서 허무하게 사라졌지만, 누군가는 웃고 있다. 발잔등의 바퀴벌레는 어느새 종아리를 타고 스멀스멀 등줄기까지 올라와 나를 괴롭힌다.

"이게 뭐야……."

가래침을 삼키듯 웅얼거리며 짐을 챙겼다.

'오랜 병원생활로 나만 유독 이런 건가.'

'세상을 살아가다 보면 나도 그들처럼 웃게 될지도 몰라.'

집으로 걸어가는 내내 등줄기가 불쾌하게 가려웠다. 막노동 체험은 끝이 났고 그날 마음속에는 종일 싸락눈이 내렸다.

산 자들의 위로가 오가는 자리에서

내가 기억하는 첫 번째 죽음은 증조할머니의 죽음이다. 초등학교 4학년쯤의 일이다.

증조할머니는 전형적인 할머니 상의 표본이었다. 항상 잘 다린 치마를 곱게 입고 조용히 구부정하게 앉아 계셨다. 얼마 남지 않은 머리를 단정히 빗어 묶고 부엌 옆 작은 방에서 항상 무언가를 오물오물 씹고 계셨다. 언제나 해탈한 석가모니처럼 아무런 고민도 미련도 없다는 듯이 웃는 표정으로. 주름이 자글자글하게 얼굴을 가득 덮고 있어서 마치 장롱 뒤 30년 만에 찾아낸 호두의 모습이 생각났다.

증조할머니는 특히 참외를 좋아하셨다. 항상, 가로로 길게 자른 뒤에 껍질을 그릇 삼아 숟가락으로 퍼서 드셨다. 증조할머니의 방으로 달려 들어가면 언제나 무릎에 어린 날 앉히고서 참외를 떠먹여 주셨다. 참외가 항상 미지근하고 농익을 대로 익어서 물렁거렸다. 그래서인지 지금도 과할 정도로 익은 과일을 좋아한다.

햇살이 잘 드는 따스한 방은 온통 참외 색으로 뒤덮여 있었다. 창문이 옛날식으로 철판 지붕처럼 울렁거리는 형태여서 항상 일렁거리는 강물처럼 햇빛이 들어오곤 했다. 아직도 햇살이 비치는 자그마한 방에 들어갈 일이 있으면 문득 증조할머니 생각이 나곤 한다. 그분은 이틀 정도를 조용히 앓다가, 주무시던 중 돌아가셨다. 어울리는 죽음이었다.

어느 날 아버지가 굳은 표정으로 "네…, 네…"를 몇 번 말하고, 한숨을 내쉬고, 고개를 끄덕이고, 어머니와 몇 마디를 나눈 후에 온 가족이 부천에 있는 할아버지의 집으로 찾아갔다.

알 수 없는 그림이 그려진 커다란 병풍 뒤에 흰 천으로 덮인 나무관이 놓여있었고 좁은 거실에 온 친척들이 모여서 울고 있었다. 며느리들은 거실에 모여서 제사음식을 준비하고 다른 어른들은 할머니의 관 앞에 모여 이런저런 이야기를 심각하게 나누고 계셨다.

제사가 시작되고 예식에 맞춰 절차가 이루어졌다. 절을 드리는데 모두가 울기 시작했다. 큰고모가 가장 슬프게 울었다. 체면 불고하고 통곡하셨는데 나까지 괜스레 눈물이 나서 부끄러움에 황급히 화장실로 뛰어 들어갔다. 하지만 슬프지는 않았다. 죽음으로부터 오는 감정을 이해하기에는 아직 어렸으니까. 두 사람이 살아온 시대가 너무나 달랐기 때문일지도 모른다.

증조할머니가 돌아가셨지만, 세상은 변하지 않았다. 여전히 태양도 뜨고 학교도 가야 했다. 모두가 금세 잊었다.

시간이 흘러 친할머니가 돌아가실 때도 마찬가지였다. 할머니는 치매를 심하게 앓으셔서 결국에는 식물인간같이 지내게 되셨다. 나중에는 몸에 암도 생겼다. 하지만 그러고서도 10년을 더 버티면서 사셨다. 나라면 도저히 그렇게 버틸 수 없었을 텐데. 어쩌면 할머니 또한 그렇게 생각하셨을 수도 있다.

할머니가 계셨던 요양원에는 할머니와 같은 환자들이 한 방에 6명씩 누워있었다. 모두가 누군가의 할머니일 것이다. 방에 들어갈 때마다 초점을 잃은 눈동자들이 다 나를 향해 있는 것 같아 섬뜩한 기분이 들었다. 병실에는 항상 가습기가 틀어져 있었는데 힘차게 수증기를 내뿜는 저 기계가 가장 활발하게 생명을 유지하는 생명체 같다는 느낌이 들 정도로 병실은 축 처져있었다. 병실을 찾아갈 때마다 사람들은 나에게 "할머니께 인사드려봐" 혹은 "손자가 찾아왔다고 말씀드려봐" 같은 말을 시켰다. 그런데 그게 참 싫었다. 마치 동물원에 있는 코끼리에게 손을 흔들어보거나 먹이를 주라는 것 같은 느낌이 들었다. 나의 할머니는 그런 존재가 아니었다. 그분들은 분명히 그런 뜻이 아니었겠지만 삐뚤어진 나는 항상 요양원을 나올 때면 마음이 언짢아 있었다.

　할머니는 그 후, 내가 한창 아플 때 돌아가셨다. 할머니의 임종이나 장례, 그 어떤 것도 함께할 수 없었다. 생전에 보여드린 나의 마지막 모습이 건강할 때의 모습이란 것은 그나마 위안이 된다. 나중에 병을 다 치료한 후 어느 정도 몸이 안정되고 나서야 산소를 찾았다. 할머니는 수원의 깊은 산속에 있는 선산에 묻히셨다. 주변 지역이 재개발되면서 나라에서 더는 선산에 사람을 묻지 말라고 했던 모양이다. 산을 오르는 내내 아버지는, 판결 전에 좋은 자리에 뫼실 수 있어서 다행이라고 말씀하셨다.

　산소에 술을 따른 후 절을 두 번 올리고 난 뒤 무덤 옆에 앉았다. 무덤 옆에서 바라보는 경치가 좋았다. 집안에서 신경 써서 고른 선산 자리라고 들었다. 나는 "할머니 좋은 경치 봐서 좋으시겠어요. 다행이네요"라며 웅얼거렸다.

　말하자마자 이런 말을 내뱉었다는 것이 어이가 없어졌다. 할머니는 이미 돌아가셨는데…. 관을 비싼 원목으로 짜든, 좋은 선산에 묻든 죽은 사람은 알 수 없다. 할머니는 이미 무덤이 되었으니까. 결국, 살아있는 자들의 자기 위로일 뿐이다.

어쩌면 사람의 생명이란

타인의 마음 속에서 정해지는 것이라고.

숨을 쉬고 있더라도 타인의 마음속에서 죽었다면

심장이 뛰거나 뇌가 꿈틀거리는 것 '따위'는

그렇게 중요하지 않을지도 모른다고.

모두가 모두를 잊어간다

할머니가 돌아가시고 할아버지도 급속도로 쇠약해지셨다. 마치 할머니를 간호하느라 힘을 다 써버린 마냥, 빨릴 대로 빨린 튜브형 아이스크림처럼 잔뜩 위축되어 계셨다. 오랜만에 본 할아버지가 놀랄 정도로 기력이 없으셔서 당황한 얼굴을 감추느라 애썼다.

할아버지는 마을의 장사였다고 한다. 키가 크고 체격이 좋아서 인기가 많으셨다는 이야기를 들었다. 급격히 몰락한 가문을 오로지 성실함 하나만으로 일으켜 세우셨다고 한다. 나는 뿌리에 대한 자부심은 별로 없는 편이지만, 할아버지에 대한 자긍심은 있다.

완치 후 여름, 대학에 재입학해서 다니고 있을 때 할아버지가 돌아가실 것 같다는 소식을 듣고 병원으로 달려갔다. 조그마한 동네 병원이었다. 어쩌면 그 지역에서는 큰 병원일 수도 있는데 내가 워낙 대형병원에 익숙해졌기 때문에 작아 보인 걸지도 모른다.

2층 복도는 위급한 사람들을 모아놓은 병동인 듯했다. 복도가 어두워서 분위기가 우중충했다. 어두운 복도에 작은 창문으로만 햇빛이 들어오니까 분위기가 더 음산했다. 끝도 없이 이어지는 것처럼 느껴지는 복도가 어쩐지 답답했다. 알 수 없이 가라앉게 되는 우울한 분위기라서 일부러 헛기침도 해 보았지만 별수 없다. 병원의 이런 느낌은 아무래도 적응이 되질 않는다.

복도 끝 의자에는 큰아버지가 앉아계셨다. 앉아있다기보다 웅크리고 계셨다는 표현이 더 정확할 수도 있다. 신고 있는 샌들 사이로 굳은살이 엉켜 잔뜩 갈라진 발뒤꿈치가 보였다. 큰아버지의 상실감은 나와는 비교도 할 수 없겠지. 나는 나의 아버지를 위해 저렇게 슬퍼할 수 있을까? 사랑할 수 있을까? 자신이 없다. 아버지란 어떤 존재인지 나는 아직도 잘 모르겠다.

의사가 우리를 부른 것은 한 시간 뒤 정도였다. 할아버지는 인공호흡기에 의지한 채, 오로지 온 힘을 다해서 호흡하는 것에만 열중하고 계셨다. 마치 호흡하는 것만이 이 세상에서 가장 중요한 일인 사람처럼. 그리고 할아버지가 세상에 남긴 이름들이 그 처절한 생존 과정을 지켜보고 있었다.

대부분의 사람은 쉽게 죽지 못한다. 병원 생활을 하면서 사람의 목숨이란 생각보다 질기다는 생각을 했다. 적어도 나는 그렇게 느꼈다. 상대적으로 빨리 죽고 싶었기 때문에 그렇게 느꼈을지도 모른다.

지금도 미련 없이 죽고 싶다는 생각이다. 목숨이 위협받을 정도로 아팠던 사람이 목숨을 귀하고 소중하게 여길 것이란 생각이 모두에게 해당되는 말은 아니다. 오히려 아픈 중에도 끈질기게 살아남을까 두려워하는 사람도 있다. 내가 그렇다. 아픈 것은 싫다. 지긋지긋하다.

주변 사람에게도 항상, 내가 의사 불능 상태에 빠지게 되면 즉시 죽여 달라고 부탁한다. 한 달 뒤에 기적처럼 병을 치료할 수 있는 치료제가 나온다고 하더라도 상관없다. 아픈 것은 이미 충분할 정도로 경험했으니까.

힘들게 호흡하며 버티는 할아버지를 보며 내 다짐을 다시 되뇌던 중, 사각 금테 안경을 쓴 약간은 젊어 보이는 의사가 서류 몇 장을 들고 찾아와 사무적으로 말했다.

"이제 김 '제' 자 '창' 자 할아버님의 생명 연장 치료를 중지하겠습니다. 보호자분께서는 서명 부탁드립니다."

그 말이 떨어지기가 무섭게 모두가 마치 할아버지가 돌아가신 듯이 눈물을 흘렸다. 고모는 몸부림치며 오열했다. 평생 울지 않으실 것 같던 둘째 큰아버지의 눈에도 눈물이 흘렀다. 물론 나도 한 발자국 뒤에서 눈물을 닦았다. 모두가 마치 할아버지가 돌아가신 듯 행동했다.

하지만 할아버지는 아직도 살아계셨다. 여전히 생명의 끈을 처절하게 붙잡고 계셨다. 하지만 의사의 한 마디에 할아버지는 죽어가는 사람이 아니라 이미 죽은 사람이 되어 버렸다. 그리고 그때 느꼈다. 어쩌면 사람의 생명이란 타인의 마음속에서 정해지는 것이라고. 숨을 쉬고 있더라도 타인의 마음속에서 죽었다면 심장이 뛰거나 뇌가 꿈틀거리는 것 '따위'는 그렇게 중요하지 않을지도 모른다고. 할아버지는 그 후로도 하루 정도를 더 살다가 가셨다.

장례식에는 많은 사람이 다녀갔다. 처음 입어보는 상복이 어색했다. 각자가 향을 피우고 저마다의 추억들이 교차했다. 문상객이 위로하면 상주는 비통한 표정을 지었다. 숙연한 분위기로 고인을 추모했다. 하지만 두 시간 정도 지나자 증조할머니의 장례식 때와 마찬가지로 아무도 죽은 사람을 위해 울지 않았다.

"이제 너도 결혼을 해야지."

"취업을 해야 하는데 나이가 많아서 걱정이에요."

한편, 반대편 자리에서는 음식 애기가 한창이다.

"여기 업체 북엇국은 맛있는데 밑반찬이 별로네!"

맛집 탐방이 따로 없다.

그때 또 불현듯 깨닫게 된다. 타인의 죽음은 그렇게 오래 남아 있지 않다는 걸. 때때로 추억하고 슬프겠지만, 삶이 끝나고

세상이 바뀌지는 않는다. 어떻게든 살아가야 한다. 그렇게 모두
가 모두를 잊어간다.

상처를 뜨거운 물로 지지면

아버지는 허벅다리 안쪽에 크고 길쭉한 흉터가 있다. 감나무에서 떨어져 생긴 흉터라 했는데 어릴 적 나는 그 상처가 어쩐지 멋있어 보여 괜스레 흘긋거리며 쳐다보고는 했다. 어른의 징표 같아 보였달까.

그런 아버지의, 상처에 관한 한결같은 철학이 있다면 '이런 건 뜨거운 물로 지지면 금방 나아'라는 문장일 것이다. 집을 수리하다가 손가락이 찢어져도, 돌부리에 걸려 넘어져 피부가 쓸려온 날에도 항상 저 말을 주문처럼 웅얼거리며 별 대수롭지 않은 듯 툭툭 털고서 목욕탕으로 향하셨다. 뭐 물론 지금 와서 생각해보면 아버지가 진심으로 그렇게 믿으셨을 리도 없는 데다 오히려 상처가 물에 닿으면 위생에 안 좋을 뿐이지만, 선천적으로 타고난 신체 능력 덕에 목욕탕을 다녀오시면 정말로 상처가 아물어 있는 것을 보며 어릴 적에는 '정말로 뜨거운 물로 상처를 지지면 아무는구나…'라고 믿은 적도 있었다.

그러던 어느 날 놀이터에서 생긴 작은 생채기를 보시고 아버지는 "이런 건 뜨거운 물로 지지면 금방 나아"라는 주문을 어김없이 웅얼거리며 자식을 목욕탕으로 끌고 가 뜨거운 물에 던져 넣으셨다. 그러고서 "으갸아아악" 하며 고통에 울부짖는 나를 보고 피식 웃으며 "엄살은…"이라고 말한 뒤 이내 무심한 표정으로 스르르 사라지셨던 기억이 떠오른다. 그때 '상처가 뜨거운 물에 닿으면 단지 아플 뿐이구나'라는 걸 알게 되었다. 그놈의 '뜨거운 물로 지지면……'

아버지는 아픔을 항상 묵묵히 참는 편이었다. 피를 흘리는 상처가 생겨도 마치 '뭐야 빨간 물감이 튀었잖아?'와 같은 표정을 하고서 귀찮다는 듯이 쓱쓱 닦아냈다. 나는 머리부터 발끝까지, 이성부터 감성까지 아버지와 닮은 것은 하나도 없다고 생각해왔는데 투병 중 매번 토하고 괴로워하고 뒹굴면서도 부모님과 친구들만 보면 "뭐…, 이까짓 것…, 괜찮아…"라며 덤덤한 척할 때마다 내가 그의 아들이라는 것을 새삼 깨닫고서 피식거리곤 했다.

욕조의 온탕에 발바닥부터 올라오는 고통스러운 뜨거움과 그 고통이 주는 약간의 쾌감을 즐기며 서서히 들어갈 때면, 나는 가끔 그때의 아버지를 추억하고는 한다. 어릴 때는 저 용암같이 뜨거운 물에 들어가서도 평온한 표정으로 상처를 '지지는' 아버지가 참 이상하다고 생각했는데 어느덧 그만큼 뜨거운 욕조에 몸을 지지며 아버지를 생각하는 나이가 될 만큼 시간은 빠르게 흘러갔다.

만약 그 시절의 아버지를 온탕에서 다시 만날 수 있다면 묻고 싶다.

"아버지. 상처를 물에 지지라는 말은 이제 알 것도 같은데 마음에 입은 상처들은 아무리 물로 지져도 아물지가 않아요."

그 말을 들은 아버지는 예전처럼 허벅다리 안쪽의 커다란 상처를 슥슥 문지르고서 "엄살은…"이라며 피식 웃어줄지도 모를 일이다. 그러면 나도 "그렇죠? 엄살이 심하죠?"라며 같이 피식거릴 수 있을 텐데. 정말이지, 상처받은 마음은 어떻게 풀어야 할지 도저히 모르겠다.

비 냄새는 어떤 냄새일까

누구나 인생에서 가지고 싶은 것에 대한 로망이 하나쯤은 있다. 그리고 그것은 대부분 자신이 현재 가지지 못했거나 앞으로도 손에 넣기 어려운 것들이다. 이루기 쉬운 것들에는 갈망을 가지기가 힘들다. 뭐, "나는 하루하루 소시지빵 하나씩 사 먹는 게 인생의 목표예요"라고 말할 수도 있을 것이다. 물론 그런 인생이라면 하루하루가 로망을 현실로 이루는 보석 같은 삶이 되겠지만, 대부분은 그렇지가 않다는 것을 모두가 어렴풋이나마 알고 있으니까.

내가 남들보다 후각이 떨어진다는 걸 처음 느낀 건 초등학교 5학년쯤이다. 4교시 수업 중에 옆자리 친구가 소곤거렸다.

"야! 오늘 수프 나오나 봐! 수프에 밥 말아먹어야지!"

수프에 밥을 말아 김치를 얹어 먹는다는 것도 신선한 충격이었지만, 그날 '나는 남들과는 다르게 냄새를 잘 못 맡는구나…'라는 걸 어렴풋이 인식하기도 했다.

그 후 침도 맞아보고 한약도 먹고 중학교 때는 휜 코뼈를 호쾌하게 뚫어버리는 수술도 했지만 별다른 효과는 없었다. 그래도 현대 사회에서 살아가는 데 크게 불편한 점은 없으니까 그럭저럭 버틸 만했다. 가지고 있다가 빼앗긴 것도 아니고 애초에 가져본 적이 없으니 딱히 억울할 것도 없는 느낌이랄까. 하지만 사람들은 때때로 내가 이해할 수 없는 말들을 하곤 했다.

"어! 비 오나 봐, 비 냄새난다!"

창문이 없는 밀실에서 한 친구가 반가운 목소리로 외쳤다. '뭐래…' 싶었는데 밖에 나가니까 정말로 비가 추적추적 내리고 있었다. 신기했다.

"비 냄새는 어떤 냄새야?"

내가 묻자 승렬이는 당황한 표정으로 몇 초 고민하다가 대답했다.

"음…? 글쎄…, 약간 비릿한 듯하면서도 습기 찬?" 버벅거리던 친구가 민망해하면서 받아쳤다.

"비 냄새가 비 냄새지 뭘……."

"홍시에서 홍시맛이 나는 거야? 지가 대장금이야 뭐야…" 하면서 킥킥거리며 넘어갔지만, 마음 한구석이 답답했다.

어머니는 종종 걱정하셨다. 나중에 혼자 살 때, 혹여 가스 퍼지는 냄새도 못 맡아서 잘못되면 어떡하냐고 걱정하셨다. 그러실 때마다 "참… 걱정도. 설마 죽을 정도가 될 때까지 모르겠어?"라며 무시했지만 난 정말로 죽을 정도가 될 때까지 눈치채지 못했다. 군대 휴가 중 자동차 안에서 비위가 약하신 아버지가 헛구역질을 할 때까지 나는 내 코에서 어떤 냄새가 나는지 몰랐으니까.

코뼈가 암으로 썩어서 그 썩은 냄새가 코를 통해 나오고 있었지만 나는 알지 못했다. 그 후 조직검사를 통해 암 진단을 받았고 이미 썩어버린 코뼈 대부분을 제거했다. 나중에 들어보니 군대의 선·후임들은 그저 '샤워는 열심히 하지만 이를 잘 닦지 않나 보다…'라고 생각했다고 말했다. 지금 다시 생각해보니까 좀 우습기도 하다. 샤워는 하루 두 번씩 꼬박꼬박 하지만 이를 안 닦아서 썩은 내가 나는 사람. 나는 그런 이상한 사람이 되어 있었다.

강한 항암제를 사용하는 동안 축농증도 많이 호전되었고, 후각이 꽤나 돌아온 적도 있었다. 돌아왔다기보다 비정상적으로 예민해진 적이 있다. 어느 날 병실로 들어온 어머니에게서 인공 바나나 향이 났다.

"엄마 어디서 바나나 향기가 나는데? 약간 화학조미료 같은……."

알고 보니 1층 로비에서 바나나우유를 드시고 올라오셨단다. 어쩐지 우쭐해졌다. 물론 그 직후, 온종일 굶는 나를 조금이라도 먹여보겠다며 가져온 볶음김치 냄새에 몇 시간을 토해대는 바람에 볶음김치에 대한 거부감이 트라우마처럼 남아버렸기는 하지만.

요즘도 컨디션이 좋은 날에는 가끔 냄새를 맡을 수 있다. 덕분에 궁금했던 비 냄새도 맡아보고, 풀향기라는 것도 느껴보았다. 향수를 뿌리고 온 친구한테 "야! 오늘 너한테서 좋은 향기 난다!"며 칭찬도 해줄 수 있고. 그런 날은 온종일 뿌듯하다.

나는 '향'에 대한 로망이 있다. 어쩌면 내가 평생을 자유롭게 누릴 수 없을지도 모르는. 이런 나지만 아이러니하게도 삶의 많은 부분을 향으로 인지하고 기억하며 살아간다. 좋아하는 향기가 나는 글들이 있다. 쓸쓸한 향기를 가진 추억들도 있다. 비겁한 악취를 풍기는 사람도 있고, 서글픈 향기의 미소를 지으며 나를 바라보는 사람도 있었다. 물론 "그게 무슨 냄새예요?"라고 물어본다면 나 역시 그때의 친구처럼 "홍시 맛이 났는데, 어찌 홍시라 생각했느냐 하시면 그냥…, 홍시 맛이 나서 홍시라 생각한 것이온데…"라며 대장금이 되어버리겠지만.

세상에는 표현할 수 없는 향들도 분명히 존재한다.

투병 중에 파트리크 쥐스킨트의 소설 〈향수〉를 읽으면서 주인공인 그루누이가 자신에게는 아무런 향기가 나지 않는다며 공허해 하는 모습을 읽고 가슴이 먹먹해진 적이 있다. 젊은 여인의 성숙한 향기, 소설 속 가장 아름답다는 그 향기마저 맡을 수 있는 그루누이가 말한 '무취의 자신'은 후각으로 느낄 수 있는 향기가 아니었을 것으로 생각한다. 항암 치료 후 어두운 빈방에 혼자 앉아있으면서, 혹은 병원 의자에서 차가운 커피잔을 움켜쥘 때 문득문득 느껴지던

'무취의 나'

타인에게서 느껴지는 각자의 시그니처 같은 향기를 나에게서는 도무지 맡을 수 없다는 외로움과 공허함을 그루누이도 느꼈던 걸까. 하지만 그루누이와는 다르게 나는 그런 공허함에서 끌어올려 준 사람들이 있었다. 그들은 '무취의 나'를 위해서 온 힘을 다해 그들의 향기와 체취를 나에게 비벼댔다. 숨을 못 쉬며 죽어가는 돌고래를 위해서 동료 돌고래들이 필사적으로 수면 위로 밀어 올려주는 것 같이.

덕분에 이제 나에게도 어느 정도 사람 냄새가 난다. 그들의 향이 아름답게 뒤섞이면서 나만의 시그니처가 느껴지는 향기가 되었다. 그럭저럭 마음에 든다. 이제는 나도 받은 만큼 열심히 비벼야 한다. 내심 귀찮기도 하고, 잘할 자신도 없지만 비비적거려야지. 당신들이 나에게 해주었던 것처럼 또 한 명의 그루누이를 위해서.

양배추 샐러드 관계

만약 회사 면접에서 "우리가 당신을 반드시 뽑아야만 하는 특별한 재능이 있습니까?"라는 질문을 받는다면 약간 주저하다가 이내 체념한 표정으로 "어쩐지 커피숍의 직원 분들과는 노력 없이 쉽게 친해집니다"라고 대답할 것 같다. 물론 그러고서 시원하게 탈락하겠지만…….

익숙함이 주는 편안함을 좋아해서 어지간하면 카페를 옮기지 않기 때문에 살면서 5~6군데 정도만의 단골 카페를(옮긴 대부분의 이유도 폐업 때문) 거쳐 왔다. 그때마다 '혹시 나는 카페 직원을 유혹하는 능력을 갖춘 슈퍼히어로가 아닐까?'라는 생각이 들 정도로 비루한 친화력 속 유독 카페 직원분들과는 한 곳도 예외 없이 쉽게 친해지곤 했다.

물론 평소의 나는 고혹적인 매력과 '나에게 말을 걸어주지 않으련?' 같은 눈빛으로 직원분들을 대하는 사람은 결코 아니다. 오히려 고백하자면, 커피를 기다리는 동안 어떠한 자세로 서 있어야 하는지 도무지 감이 잡히지 않아 삐걱거리는 모지리 쪽에 가깝달까. 예전에 한 단어를 반복적으로 말하다 보면 일시적으로 둔감해지면서 '어? 이 단어가 왜 이렇게 낯설지?'라고 느껴지는 현상을 '의미 과포화' 현상이라 부른다고 들었는데. 나는 '커피 주문 과포화' 현상에 걸려버렸다.

주로 대형 브랜드 커피숍보다는 저렴하고 사람이 드문 동네 커피숍을 골라 다니는 편이다. 동네 커피집의 구조상 주문 후에는 보통 좁은 카운터를 경계 삼아 서로 마주 보며 멀뚱하니 있어야 할 때가 많다. 그런데 어느 날인가부터 문득, 마주 보며 기다리는 그 시간이 숨 막히게 어색해져서 팔과 몸의 관절을 어떻게 유지하고 있어야 할지, 시선 처리는 어떻게 해야 할지 도무지 갈피를 잡을 수 없게 되어버리곤 했다. 겉으로는 태평한 척하면서도 속으로는 당황해서 어쩔 줄을 몰라 한다. 어쩌면 나 정말 문제가 있는 사람일지도⋯⋯.

하지만 그렇게 어정쩡한 모양새로 서 있으면 대부분 감사하게도 어버버거리는 띨띨이에게 먼저 말을 걸어주시고는 한다.

"오늘은 라떼에 샷 추가 안 하시네요?"

"아⋯, 요즘 카페인을 너무 많이 섭취한 것 같아서요."

"그러시구나⋯. 저희 디카페인 커피도 있는데."

"와⋯, 정말요? 뭔가 본격적이네요. 디카페인은 찾기 힘들던데."

　이런 식으로 한번 대화를 트고부터는 어쩐지 꽤 친해지곤 해서 어느새 자연스럽게 조잘거리며 웃고 떠들게 되는 사이가 되어버리는데 나는 이런 관계를 '채 썬 양배추 샐러드 관계'라 부른다.

　엄청 뜬금없는 고백이지만 나는 채 썬 양배추 샐러드를 좋아한다. 고기나 생선을 먹을 때 항상 채소와 같이 먹어야 하는 사람이라서 아무래도 샤부샤부건 초밥이건 채 썬 양배추가 같이 나오는 집을 선호한다. 물론 중국집 탕수육 옆에 끼워주는 투박하고 눅눅한 샐러드를 말하는 것이 아니라 나름의 기준이 있다. 일단 드레싱은 기본적으로 마요네즈 드레싱을 선호하는 편이지만 너무 향이 진해서 양배추의 맛과 향이 전혀 느껴지지 않는 케첩만 아니라면 딱히 신경 쓰지 않는다. 가장 중요한 건 양배추의 상태. 차갑고 신선한 양배추를 정교한 칼 솜씨로 실처럼 가늘게 채 썰어야 한다. 두껍게 썬 양배추는 식감이 너무 어석거려서 좋아하지 않는다. 채가 가늘수록 좋아하는데 너무 가늘어서 양배추가 서로 엉켜 있기라도 하면 "어맛! 어마맛!" 하며 난리가 난다.

　하지만 당당하게 '채 썬 양배추 샐러드를 음식 중에서 가장 좋아한다'는 것은 딱히 아니다. 뭐랄까…, 평소에는 딱히 신경 쓰지 않다가 나오면 괜스레 반갑고 같이 식사하는 사람들에게 좋아한다고 말할 정도. 굳이 분류하자면 '소소한 좋음' 정도 되겠다.

　마찬가지로 사람과의 관계에서도 나는 누군가의 삶 속에서 채 썬 양배추 샐러드 같은 관계를 맺어 가면서 살아가려 노력한다. 드문드문 기억하며 살다가, 만날 때면 정말 반가운 정도의 관계를. 물론 소소한 애정이 소홀하다는 뜻은 아니다. 메인디시가 있다면 때로는 나같은 '소소한 좋음' 역할의 사이드 디시도 분명히 필요하니까. 누군가의 삶에서 큰 비중을 차지하는 위치가 때로는 부담감으로 느껴질 때도 있는 내 성향 자체도 메인 요리보다는 채 썬 양배추 샐러드 쪽에 어울린다 생각하기도 하고.

　예전 암 병동에는 나에게 그런 양배추 샐러드의 관계로 다가오려 했던 아저씨가 있었다. 병실 건너편 침대에서 온몸이 검게 쩔어 항상 불쌍한 눈빛으로 허공을 응시하던 아저씨. 나처럼 말 수가 매우 적었던 그분은 어느 날 갑자기, 구름 한 점 없는 낮 갑작스레 쏟아지는 여우비처럼 뜬금없이 그리고 당연하다는 듯 내 눈을 정면으로 응시하며 물었다.

　"요 며칠 안색이 안 좋아 보여요. 무슨 일 있어요?"

　갑작스러운 아저씨의 질문에 울화가 벌컥 치밀었다.

　'다섯 가지의 약물을 주렁주렁 연결하고 있는 사람한테 안색이 안 좋아 보인다는 말은 무슨 의미야?'라는 불쾌한 마음에 "네"라고 단답형으로만 대답한 후 커튼을 휙 하고 쳐버렸다. 그때는 그런 의미가 아니란 것을 알면서도 여유란 것이 없었다.

아저씨는 그로부터 일주일 후, 내가 약에 취해 해롱거릴 때 말도 없이 조용히 먼 곳으로 떠나가셨다. 그때의 일이 몇 년이 지난 지금까지도 문득문득 떠오르는 건 그러지 않았어야 한다는 내 마음의 충고일지도 모른다. 그 충고를 따라 비록 조금은 내성적이고 약간은 어색하지만 다가오는 양배추 샐러드 같은 관계를 받아들이고, 쌓아가며, 지켜가는 법을 배워 가려 노력하는 하루하루다.

"요 며칠 안색이 안 좋아 보여요."

어느 날 양배추 샐러드 관계의 종업원이 그때의 아저씨와 같은 걱정스러운 표정으로 묻는다.

"그러게요. 며칠 감기로 고생 좀 했거든요. 지금은 많이 좋아졌어요."

나는 괜찮음을 어필하려 눈을 우스꽝스럽게 크게 뜨며 대답했다.

"그러셨구나…. 여름 감기가 정말 무서운 것 같아요. 항상 마시던 거로 드릴까요? 아니면?"

"아…! 네, 부탁드립니다."

사실 오늘은 기필코 딸기 바나나를 마셔볼까 싶었는데. 어쩐지 '항상 마시던 것'이란 말이 감사하고 부끄러워 황급히 대답하며 고개를 끄덕이고 말았다.

　'으으…, 양배추 샐러드…, 나 잘 해낼 수 있을까…….'

　카페를 나서며 손에 든 투샷 라떼를 휘휘 저으며 생각했다.

왜인지는 모르겠지만, 마지막에는

내 삶을 사랑했다고 고백한 뒤 죽고 싶었다.

그래야만 할 것 같았다.

내 삶을 사랑하기가 쉽지만은 않다. 모두가 약간씩은

초라한 부분을 지니며 살아간다고 생각하지만,

고백하자면 나는 참 간헐적으로 찌질했다.

잘생김은 이번 생에 과감히 포기한다

나는 자신감이 넘치는 사람은 아니다. "당신의 매력이 뭔가요"라고 물어온다면 몇 분 정도 망설인 뒤에 얼굴을 붉히고 "글쎄요…, 잘 모르겠는데요?"라고 말할 정도로.

나름대로 자존감이 낮지 않은 사람이라고 생각했었는데 이 글을 쓰면서 갑자기 바닥나버린 자존감에 괜히 손해를 보는 느낌이다. 잘생긴 남자가 되는 것은 이번 생에선 포기해야 할 목표라면 매력 있는 남자라도 되자고 마음먹었었는데 갑자기 모든 것이 다 귀찮아져서 할 수 있을지 모르겠다.

사실 고백하자면 이대로도 편하다고 느끼는 요즘인데…. 으으…, 어쩐지 억울하다. 매력에도 '노오오력'이 필요하다니.

몇 년 전 아르바이트를 하던 곳에는 스무 살 초반의 학생들이 여럿 있었다. 그중 워킹 홀리데이를 준비 중이던 학생이 있었는데, 학구열이 뛰어난 이 친구는 내가 카투사를 나왔다는 사실을 알자마자 매일같이 짧고 어색한 영어로 나에게 말을 걸어왔다.

모두가 놀렸지만, 정말 지겨울 정도로 물어왔다. 지금 와서 생각해보면 뭘 해도 성공했을 친구였다. 그러던 어느 날 친구의 짧은 영어 솜씨를 끈질기게 놀려대는 주변의 사람들을 향해 그 친구가 웃으며 외쳤다.

"쏘리 플리즈!"

직역하자면 '미안하기 바랍니다' 정도 되겠다. 앞뒤 맥락과 분위기를 살펴보자면 '놀리는 것을 사과해라' 정도 되겠고.

모두가 다시 한 번 웃어댔지만 사실 나는 꽤나 감동받았다. 곱씹을수록 좋았다. 사과를 받아야 하는 피해자의 입장은 보통 잔뜩 열이 받아있거나 불쾌하기 마련이다. 그래서 잔뜩 날이 서서는 따지듯 당장 사과하라고 역정을 내게 되고, 피의자는 자신의 잘못은 금세 잊은 채, 역정을 내는 피해자의 태도에 도리어 발끈하고 마는 악순환이 반복되곤 한다.

정말 쉽지 않겠지만, 나는 아마도 절대 할 수 없는 일일지 모르지만, 치밀어 오르는 분노를 억누르고서 "저에게 미안하기를 바라요"라며 유쾌하게 말할 수 있는 매력적인 사람이 되고 싶다. "법대로 해라!"를 외치면 피해자가 손해를 보는 요상한 세상 속에서 모두가 부드럽게 "쏘리 플리즈"라고 양보할 수 있다면. 그 친구처럼 매력적인 사람이 될 수 있다면 좋을 텐데.

이따금 자기 자신이 어릴 때부터 꿈꾸어오던 매력적인 존재와는 거리가 있다는 사실에 느닷없이 슬퍼질 때가 있었다. 언젠가부터 자신을 사랑하는 것이 부끄러웠다. 그것은 어쩐지 "딸기 생크림 케이크 위의 딸기는 마지막으로 아껴 먹는 편이에요"라고 말하는 것처럼 미묘하게 부끄러운 일이 되어버렸다.

병원 침대에 누워 하염없이 천장을 바라보거나, 비 오는 날 고인 물웅덩이에 실수로 신발이 흠뻑 젖어버릴 때, 어두운 방에서 이것저것 대충 섞은 비빔밥을 입 안에 욱여넣으며 급하게 식사를 처리할 때 문득 '언제부터 이렇게 되어버린 걸까?'라는 생각이 들곤 했다.

책이든 미디어든 모두가 자기 자신을 사랑하라고 말하지만, 아무도 그 방법을 가르쳐주지는 않았다. 힐링 여행을 떠나고 맛있는 음식을 먹고 SNS에 올려서 '좋아요'를 받는다고 나 자신을 사랑하게 되는 것은 아니었다. 그건 마치 갈 때까지 간 권태기 커플의 무미건조한 애정행각처럼 금세 메마르고 씁쓸해지는 사랑이었다.

자신을 사랑한다는 건 살아온 인생을 사랑한다는 것과 같은 말이었다. 그래서 별안간 죽을지도 모르는 투병생활에서 자신을 사랑한다는 확신은 무엇보다도 중요하고 필요한 일이었다. 그러니까 예를 들어, 만약 어느 날 천사든 저승사자든지 퍼드덕 퍼드더덕 날아와서는 "저기요, 실례지만 님은 하루 뒤에 죽을 예정이에요. 그럼 수고하셔요!"라며 알려주고 간다면 나는 진심으로 만족하며 죽을 수 있느냐의 문제와 직결되는 것이다.

왜인지는 모르겠지만, 마지막에는 내 삶을 사랑했다고 고백한 뒤 죽고 싶었다. 그래야만 할 것 같았다. 내 삶을 사랑하기가 쉽지만은 않다. 모두가 약간씩은 초라한 부분을 지니며 살아간다고 생각하지만, 고백하자면 나는 참 간헐적으로 찌질했다.

미국에 있는 이모 집에 머물던 시절 이모와 자주 술자리를 가지곤 했었다. 사실 술은 이모가 마시고 나는 가만히 앉아서 이야기를 듣는 역할이었지만, 나는 그 시간이 좋았다. 이모는 선천적으로 수다스러운 사람이다. 그리고 수다스러운 사람의 대화는 일방적이다. 할 말이 많으므로 남의 말을 들을 시간이 없기 때문이다. 이모와의 대화도 마찬가지였다. 덕분에 뉴욕에서의 1년 동안 나는 한인 성당 커뮤니티 활동, 사촌 동생의 학교 시스템, 가게의 매출액 여부 등에 대해 속속들이 알게 되었다.

하지만 이모와의 이런 일방적인 대화를 좋아한다. 이모는 유쾌하다. 그녀의 영어 이름답게(Sunny) 밝고 빛나는 매력을 가지고 있다. 종종 이모의 유쾌한 그리고 열정적인 수다를 듣는 것에 즐거운 마음으로 기꺼이 참여하곤 했지만, 이모는 그 시절의 이야기를 할 때마다 눈시울을 붉히고는 했다. 병상에 누워있는 나의 손을 붙잡고 그때의 추억을 이야기하시며 항상 말끝을 흐리셨다. 그러고는 항상 고마웠다고 오만 원, 십만 원씩 쥐여주고는 하셨다. 사실 대가를 바라고 한 일은 아니었는데 받을 때마다 즐거운 것은 어쩔 수 없다. 모르는 척, 마치 예상하지 못했다는 듯이 행동하는 내가 싫다. 스멀스멀 '그때 이모와 대화하기를 잘했어' 혹은 '이번에는 얼마를 주실까?'라는 혐오스런 마음이 올라오곤 한다.

으…, 역시 나란 놈은 바퀴벌레의 통통한 엉덩이다. 나를 사랑하는 일은 너무나 힘들다. 나를 사랑하고 주변의 모든 것들을 사랑하며 살고 싶었는데, 어쩐지 항상 주변의 사람들을 불편하게 하고만 다녔다. 의도하든 그렇지 않든 간에 아프다는 이유 하나만으로 마치 불량배처럼 많은 사람을 힘들게 하고 눈치 보게 하는 그런 사람이 되어버렸다. 나는 연약한 환자이면서 동시에 양아치였다. 당해버린 모든 이들에게 이 글을 빌어 사과의 말씀을 전합니다. 물론 그 이후로도 꾸준하게 많은 사람을 불편하게 하는 중이지만…, 저 때문에 항상 수고가 많으십니다.

멍 때리다 내디딘 삶의 한 발짝

"미~안해요! 해준 게~ ♪ 너무 없어서~ 🎵"

"으어어어…, 으어부버!!!"

나조차도 의미를 모르겠는 비명을 지르며 황급히 알람을 껐다. 매번 잠에서 깰 때마다 민망할 정도로 깜짝 놀라곤 한다. 평소라면 깊이 잠들어 있을 시간인 아침 6시 5분이지만 오늘은 병원을 가는 날. 서늘한 이불을 다리 사이에 낀 채 치밀하게 시간을 계산해 본다. '병원까지는 대충 1시간 10분 정도가 소요되니까 차가 안 막힌다는 가정하에 샤워는 안 하고 머리만 빠르게 감으면 10분 정도는 더 자도 되지 않을까?'라고 계획해보지만 지금 눈을 감는다면 절대 10분만 자고 일어나지 못한다는 걸 알고 있다. 결국, 좀비처럼 샤워실로 기어가 뜨거운 물을 하염없이 멍하니 맞고 있다가 퍼뜩 정신을 차리고서 부랴부랴 집을 나섰다.

유난히 더운 날이다. 뉴스에서 매번 몇십 년 만의 최고 더

위니 누진세가 어쩌니 떠들어대는 것을 보면 정말 심상찮은 더위이기는 한가보다. 하긴, 어릴 때 발바닥을 간지럽히는 귀신에 대한 얘기를 들은 후로 아무리 더워도 이불을 종아리까지는 덮어야만 잠이 오는 나조차 '그래 차라리 발바닥이라도 간지럽혀라…. 소름 돋아서 서늘해지게'라는 마음으로 이불을 밀쳐버리고 잠드는 요즘이니까.

지하주차장에 차를 세웠는데도 차 안이 마치 한증막처럼 후끈거리는데 설상가상으로 차의 에어컨도 고장 난 상태다. 며칠 전부터 "쉬~"하며 가스가 새는 듯한 심상찮은 소리가 들리더니 결국에는 에어컨을 틀어도 뜨거운 바람만 나오는 상태다. 결국, 창문 4개를 모두 연 채 카리브 해변을 달리는 여유 있는 젊은 사업가처럼 운전했다. 사실 그런 컨셉이 어떤 느낌인지는 모르지만, 그냥 티브이 광고에 나오는 이미지를 떠올렸다. 집 앞에서 콜라 한 병을 사서 옆에 둔 채 노래를 틀며 달렸는데 고속도로 중간에서는 흥에 취해 큰 목소리로 노래도 따라 불렀다.

내가 사랑했던 사람들은 내가 노래를 따라 부를 때마다 숨 넘어갈 듯 사정없이 팔을 때리며 웃곤 했다. 못 부르는 건 그렇다 치더라도 우스꽝스럽게 부른다나. 하지만 지금은 노래를 불러도 옆자리에 웃어주는 사람이 없어서 약간은 맥이 빠졌다. 하긴 아무리 우습게 노래를 부르는 남자라도 이렇게나 자주 병원을 들락거리는 사람 옆에 오래 붙어 있을 리는 없을 것이다.

오늘은 염증으로 부어올랐다가 일주일 동안 항생제로 가라앉힌 뺨의 염증 수치를 재러 가는 날이다. 작년 겨울, 처음 뺨이 부어올랐을 때는 혹시나 하는 마음에 허둥지둥 안절부절 난리가 났었는데 단순한 염증이란 것을 알고 몇 번 반복되다 보니 요즘은 노래를 흥얼거리며 갈 만큼 어느 정도 익숙해졌다. 물론 익숙해졌다고 성가시지 않다는 말은 아니지만.

8시까지 병원에 가서 피를 뽑고 두 시간 정도 어슬렁거리다가 피검사의 결과가 나오는 10시 10분에 진료를 보고 일주일 치의 약을 더 타가면 된다. 매번 새벽, 일찍 잠에서 깰 때마다 '아…, 다음에는 무조건 오후 늦은 예약으로 잡아야겠다'고 생각하면서도 막상 간호사가 다음 진료일을 물어보면 나도 모르게 "가장 빠른 시간으로 해 주세요!"라며 호기롭게 외쳐버리고 만다.

'아…, 이번에는 쓸데없는 욕심부리지 말고 좀 여유 있게 예약을 잡아야지…….'

달리는 차 안에서 또다시 다짐했다.

8시 10분쯤 도착해서 부랴부랴 피를 뽑고 감염내과에 접수한 후 에어컨이 시원하게 나오는 어린이 병동 구석에 앉았다. 내가 예전에 있었던 환자실은 어린이 병동 안에 있었기 때문에 매일 아침 엑스레이를 찍을 때마다 어린이 병동 1층을 지나가곤 했다. 벽 전체에 덕지덕지 붙어있는 개구리와 염소, 곰돌이 캐릭터들이 원색의 무지개가 활짝 피어있는 푸른 풀밭에서 하하호

호 뛰노는 모습을 볼 때마다 약 기운이 올라와 속이 울렁거리곤 했다. 그래서 그런지 요즘도 알록달록한 무언가를 보면 살짝 거부감이 든다.

"여기 앉아서 조용히 먹어."

옛날을 추억하며 멍하니 앉아있던 중, 젊은 아주머니가 다섯 살 정도 되어 보이는 어린 남자아이를 옆에 앉히며 말했다. 남자아이는 여느 아이 환자들이 그러하듯 조그마한 손에 자기 손가락보다 긴 바늘을 달고 테이핑을 덕지덕지 하고 있었다. 방금 전에 한바탕 울고 온 모양인지 눈 주변이 붉게 물들어 있었고 어머니는 아이의 칭얼거림을 혼내다가도 이내 마음이 아파져서 과자 한 봉지를 쥐어 준 듯했다. 울먹울먹한 표정으로 자기 몸만 한 과자 상자를 소중히 껴안고 있는 모습이 안쓰럽기도 하고 귀엽기도 하다.

귀여운 것을 좋아한다. 아니 정확히는 좋아졌다. 더욱 정확히는 인공적인 귀여움보단 자연적인 귀여움을. 자연적인 귀여움이라면 강아지의 멍청한 행동들이나 사랑하는 사람의 귓불 혹은 아기의 빵빵한 볼따구 같은 것들이다. 인공적인 귀여움이라면 '헬로키티'나 '일 더하기 일은 귀요미' 혹은 '오빠 나 똥따떠 떨따똥따떠' 정도 되겠고.

나를 아는 사람이라면 의아해할지도 모를 일이다. 예전에 한 친구에게 "팔랑거리는 귓불이 귀여워"라고 말했다가 환멸의 눈초리와 함께 "변태 새끼…"라는 답변을 들은 뒤로 사람들에게 잘 내색하지 않는 데다 나는 외형상으로도 귀여움과는 거리가 있어 보이는 사람이다. 어쩌다 보니 '김탱글통글'이라는 필명으로 활동하고 있지만 평소 무표정일 때는 전혀 '탱글통글'하지 않아서 저녁 어두운 골목길, 여성과 마주칠 때면 열의 여덟은 깜짝 놀라기에 일부러 밝은 곳으로 돌아서가는 타입이랄까.

원래는 귀여운 것을 좋아하지도 않았다. 오히려 꺼려했을지도. 하지만 사람은 변하는 모양이다. '뽁뽁이' 신발을 신고 아장아장 걸어가는 아기를 볼 때마다 '으어어어어…' 하며 사족을 못 쓰게 될 줄이야.

아기들이 생존 가능성을 높이기 위해 본능적으로 귀여움을 활용한다는 설을 들었는데 요즘의 나에게는 아주 잘 먹히고 있다. 영악한 것들…. 정말이지 통통한 볼때기에 얼굴을 파묻고 "푸르를르르르를르르" 해주고 싶은 녀석들…. 물론 속으로만 생각한다. 아직 감옥에 가고 싶지는 않으니까.

아기를 귀여워할 줄이야…. 나는 언제나 어둠과 질척거림과 퇴폐적인 것들에 끌리는 사람이라고 생각했는데. 사람이란 정말이지 단정 지을 수 없는 존재인가 보다.

"너 자꾸 울면 옆에 아저씨가 이놈~ 할 거야?"

자꾸 울먹이려는 아이를 보며 아주머니가 위협을 뜻하는 눈 모양을 하고서 나를 지목하며 말했다.

'???'

세상 맙소사…. 물론 어제 일조차 가물거릴 정도의 치명적인 기억력 때문에 우리 어머니도 '이놈아저씨'의 도움을 받았었는지, 그래서 나도 언젠가는 누군가의 추억 속 '이놈아저씨'가 되어 사회에 봉사(?)해야 하는지는 기억이 나지 않지만, 뭐랄까 '이놈아저씨'는 나에게 아직 머나먼 이야기일 뿐이었다. 내 상상 속 '이놈아저씨'분들은 56세 이상에 대청마루에 앉아 밀짚모자와 '난닝구'를 입어주신 상태로 한 손에는 부채를 펄럭펄럭하시며 약간은 오버스럽게 "이놈! 자꾸 엄마 말 안 들으면 이놈아저씨가 잡아간다!"라고 능글맞게 말할 수 있는 사람이 아니던가.

물론 '나중에 늙어서 귀향한 후에는 차근차근 준비해야겠지'라는 생각은 하고 있었지만, 지금은 너무나 급작스럽다. 하지만 그렇다고 내 나이보다 약간 많아 보이는 저 아가씨 아니 어머니의 애절한 눈빛을 무시할 수는 없었다. 어린이 병동에서는 아이가 아프고 어머니는 고통스러워한다. 그녀들의 얼굴빛으로 아이의 상태를 어느 정도 파악할 수 있을 정도니까. 하지만 공통적으로 그녀들의 눈빛과 얼굴은 자식을 지키지 못했다는 본능적 죄책감, 사랑하는 피붙이의 고통을 그저 바라만 보아야 하는 자괴감 그리고 '왜 하필 나의 자식인가' 하는 분노, 연민, 자책 등이 마구잡이로 뒤섞여 나타나 있다. 그 얼굴은 어쩐지 내 어머니를 닮아 있었다.

어머니의 엄한 목소리에 아이는 큰 눈망울을 끔뻑거리며 금방이라도 울 듯한 표정으로 나를 올려다본다. 아이들은 항상 전력을 다해서 운다. 어떤 의미에서는 탁월할 정도로. 길을 가다가 넘어져도, 장난으로 가지고 있던 과자를 뺏어 먹어도, 종이박스에 머리가 들어가서 빠지지 않아도, 심지어 날씨가 화창해서 햇볕이 강렬하게 내리쬔다고 우는 아이도 봤다. 그 모습을 가만히 보고 있으면 참, 고작 저런 일에 울 수 있을까 싶다가도, 50대쯤의 나 역시 지금 힘들어서 울고 싶은 나를 보며 '고작 저런 일에… 쯧쯧'이라고 생각할까 싶어 기분이 묘해지고는 한다.

그렇다고 아이를 향해 "나는 너보다 더 힘들게 살고 있어. 복 받은 놈…, 고작 주사 가지고…, 참아 인마"라고 말할 수도 없다. 남이 불행하다고 내가 더 행복하지 않은 것처럼 내가 더 힘들었다고 남의 아픔이 가벼워지는 것은 아니니까. 그리고 심지어 이 아이는 이맘때의 나보다 훨씬 훌륭하게 견디어주고 있지 않은가.

지금은 고통을 잘 참는 편이지만 나는 타고난 천재형은 아니었다. 수많은 고통과 상황들로 빚어진 생활 노력형 정도려나. 그렇게 되기까지 오랜 시간을 정말 꾸준히 아파왔다.

어릴 때 할머니의 집에서 송편을 예쁘게 빚으면 할머니는 "아이고, 우리 태균이 나중에 예쁜 딸 낳겠네"라며 깔깔거리며 웃으셨고 그때는 그저 '음… 역시 예쁜 게 최고인가'라며 넘어갔지만 지금 돌아간다면 건강한 사람이 되는 송편 모양을 물어보고 싶을 정도로 어릴 적부터 크고 작게 꾸준히. 그때의 할머니는 뭐든지 알고 계셨으니 어쩌면 해답을 말해 주셨을까.

그래도 다행히, 많은 일과 시간을 겪으며 어릴 때보다는 좀 더 고통에 부드럽게 대처하는 법을 배웠다. 덕분에 그럭저럭 즐겁게 사는 요즘이다. 가끔 "꽤…, 괜찮아요. 나 요즘 정말로 꽤 만족하며 살아가는 중이에요"라고 말해도 '아니야, 그럴 리 없어. 너의 상황은 어쩐지 눈물이 나는걸…?' 같은 눈빛을 보내며 건네주는, 케이크 위의 생크림처럼 부드러운 호의 또한 애써 거절하지 않는 여유도 생겼다. 그들이 주는 달콤한 동정심을 생글생글 웃으며 받을 수 있을 정도로 뻔뻔해지기도 했고. 뭐, 그들은 자신의 이타심을 충족시키고 나는 나름대로 편하니까 윈윈 전략이려나.

그래, 나는 좀 더 능글맞아졌다. 이런 나는 상상도 못했었는데…, 잘 지내고 있으며 생각만큼 비참하지는 않으니까 좀 더 자신의 인생을 사랑해보라고 7년 전의 절망스럽던 나에게 말해주고 싶을 정도다. 어린아이한테 '이놈아저씨' 데뷔 무대도 앞둔 어른이 되었다고.

"착… 착하네…, 힘내서 조용히 먹자… 어흥!"

아이의 머리를 쓰다듬으면서 조심스레 말했다. 힘내서 조용하자니…, 당황하면 아무 말이나 막 내뱉는 습관은 하루빨리 고치고 싶다. 아이는 삐쳤는지 뾰로통해져서는 고개를 휙 돌렸고 어머니는 미안한 듯 고개를 한 번 끄덕하고서 아이의 입 주변을 닦아준다. 귀여워…….

'그래그래…, 이게 다 네가 귀엽기 때문이란다. 귀여운 것들은 항상 고통받기 마련이거든. 그래서 내가… 아니, 뭐 조금만 참으렴. 결국 다 좋아질 테니…….'

속으로 아이의 건강을 기원하며 진료실로 발걸음을 옮겼다. 결국, 얼떨결에 '이놈아저씨'의 데뷔 무대를 치러냈고 또다시 청년에서 아저씨로의 한 걸음을 살포시 내디딘 날. 그렇게 나의 걸음걸이에는 점점 삶의 무게가 실려 간다.

어쩔 수 없다. 마치 고양이가 고양이로,

참새가 참새로 태어나 버린 것처럼 나도 타고나기를

이렇게 태어나 버렸으니까. 외로움을 많이 타지만

혼자 있을 때 마음이 가장 편안하다.

어느 순간 이런 괴상한 인간이 되어버렸다.

누군가의 뭔가가 된다는 것

차로 마지막 친구를 내려주러 가는 중에 친구가 커피 한잔이라도 마시면서 집에 가라고 한다. 승렬이의 집에서 내 집까지는 차로 대충 40분 정도의 거리. 늦은 저녁에 카페인이 들어가는 것이 싫기도 하고 커피를 사러 가는 것도 귀찮아서 어물쩍 넘어가려 했다. 그러자 친구는 차 밖의 풍경을 초점 없이 바라보면서 무심하게 말했다.

"네가 죽는 건 아무래도 괜찮은데, 졸음운전으로 다른 사람이 피해 보면 안 되잖아……."

"아……."

수긍해버리고 말았다. 딱히 이상적인 죽음이 있는 것은 아니지만, 적어도 죽는 순간은 깔끔하게 마무리해야 한다고 생각한다. 남자 화장실에 붙어있는 문구처럼 자고로 아름다운 사람은 떠나간 자리도 아름다워야 하니까. 졸음운전으로 죽는 건, 화장실을 지저분하게 쓰는 것과는 차원이 다른 민폐다. 인터넷 뉴스에도 수백 개의 악플이 달리겠지…. 친구는 무심한 듯 나의 아름다운 죽음을 신경 써 주는 것일까. 참 좋은 친구라고…, 음… 믿고 싶다.

결국 전투적으로 아이스라떼를 빨아가며 운전했고 안전하게 집에 도착했다. 역시나 별로 졸리지는 않았다. 이제 드디어 집에 갈 수 있다는 사실에 묘하게 흥분되기도 했다. 친구들과의 만남이 지겨웠다거나 싫었다는 것은 결코 아니다. 친구들과의 만남은 언제나 즐거우니까. 그저, 나에게 사람과의 만남은 막노동과 비슷한 강도로 체력과 감정을 소모하는 일일 뿐이다. 게다가 오늘은 친구의 여자친구를 소개받는 자리이기도 했고.

일주일 전에 친구에게 전화가 왔었다.

"내 생일에 여자친구랑 같이 만나도 될까?"

네 생일파티에 여자친구를 데리고 오든 알래스카에 사는 장성수 씨를 초대하든 아무래도 상관없다고 틱틱거렸지만, 사실 날 배려하는 질문이란 것을 알고 있다.

나는 새로운 사람과 만나는 것을 좋아하지 않는다. 병원에서는 항상 6인실에서 생활했다. 병실에 오래 있을수록 새로운 환자들을 만나게 되고 그들은 대부분 각자의 슬픔을 가지고 왔다. 그런 새로운 슬픔들이 버거웠고 결국 새로운 사람을 만나는 것 자체가 어색해졌다. 물론 나름의 가면을 쓰고 친절하게 웃으면서 분위기를 맞춰줄 수는 있다. 다만, 나를 너무 오래 알아온 친구들이어서 낯선 사람 앞에서 불편해하는 모습과 애처롭게 안간힘을 써 가며 미소 짓는 표정을 단번에 눈치채버리고는 본인들이 더 불편해할 뿐이다.

하지만 어쩔 수 없다. 마치 고양이가 고양이로, 참새가 참새로 태어나 버린 것처럼 나도 타고나기를 이렇게 태어나 버렸으니까. 외로움을 많이 타지만 혼자 있을 때 마음이 가장 편안하다. 어느 순간 이런 괴상한 인간이 되어버렸다.

그에 비해 여자 친구를 데려오기로 한 관호라는 친구는 선천적으로 사교성이 뛰어난 사람이다. 자석처럼 인간들이 들러붙는다. 예전에는 그런 성격이 부러워서 몇 년을 악착같이 붙어다니며 이것저것 따라도 해보고 분석도 해보았지만 결국은 이 꼴이다. 친구가 입은 옷은 화려하지만 역시 나에게는 아무래도 불편하다. 가끔 보면서 부러워하는 것으로 만족하는 수밖에.

본인의 생일파티에 나를 생각해주는 친구의 넘치는 배려가 어쩐지 부끄러워서 대충 그러라고 한 뒤 황급히 주제를 돌렸다.

"여자친구의 어떤 점이 좋아서 만나는 거야?"

"음… 착해. 곰 같은 여자야."

문득 예전에 본 곰에 관한 다큐가 떠올랐다. 곰은 평균 48

킬로미터의 속력으로 달리며 약 팔백만 파스칼의 악력으로 볼링공 정도는 가볍게 박살낸다고 했다. 그때부터 곰 같은 여자는 어쩐지 무서워졌다. 하지만 친구에게 다큐에 관한 내용을 말하지는 않았다. 친구가 사랑하는 여자이기도 하고 '곰돌이 푸' 정도의 귀여운 곰을 생각하며 말했을 터인 것쯤은 알고 있으니까. 나도 이제 어른이다. 상황에 따라서 해야 할 말과 속으로 삼킬 때의 구분 정도는 할 수 있어야겠지. 결국 친구의 생일 모임 날 여자친구도 함께 소개받기로 하고 몇 마디를 더 주고받다가 전화를 끊었다. 친구는 약간 기뻐하는 듯했다. 그래서 어쩐지 미안해졌다. 모임에서 자연스러운 모습과 부드러운 눈빛으로 상대방과 분위기를 편하게 이끌어가는 젠틀맨이 되리라 다짐했다.

그리고 일주일 후인 오늘, 참치집에서 처음 만난 그분은 생각보다 훨씬 괜찮은 분이었다. 친구의 말마따나 곰같이 착해 보였고 부드러운 눈매가 매력적이라고 생각했다. 분위기에 부드럽게 뒤섞이면서 대화하는 모습이 진정한 어른 같다는 느낌. 그리고 나는, 지금 내 눈앞에 다 마셔버린 아이스라떼를 힘차게 빨아들일 적의 소리마냥 처절하게 아니 처량하게 노력했다. 센스꾸러기가 되겠다는 굳센 다짐은 박살났다. 실례되는 말을 하지는 않았지만 횡설수설했던 것 같다.

나는 애초에 처음 보는 사람에게 궁금한 점이 없다. 그 사람의 취미, 특기, 직업, 좋아하는 음식 따위는 아무래도 상관없는데 억지로 말을 이어가야 한다는 부담감이 나를 반 패닉 상태로 몰고 가는 듯하다. 차를 주차하고 집에 돌아와 방의 침대에 몸을 던지면서 문득, 분위기를 띄우겠답시고 "물리치료가 왜 물리치료인 줄 아세요? 병을 물리치료구요" 같은 농담을 했던 것이 기억난다.

"아아…, 맙소사……."

탄식이 터져 나왔다. 내가 싫다. 그 후, 한참 동안 오늘의 상황을 곱씹으며 멍하니 누워있었다. 다음 날 저녁까지 아무런 일정도 남아있지 않다는 안도감과 어색한 사람을 마주칠 일 또한 없는 사실이 정말 좋았다.

'이런 성격이면 사랑받지 못하는데…….'

양말을 벗어서 고이 접은 뒤, 옷걸이 아래에 내려놓으며 걱정했다.

'결혼도 못하고 늙어 죽을지도 모르겠네…….'

하지만 마냥 싫지만은 않다. 나는 점점 '누군가의 뭔가'가 되는 것이 불편해지고 있으니까. 인간관계란 것은 언제나 혼란스럽고 사람들은 서로에게 마음을 다친다. 물론 외롭기는 하지만 단순히 이 외로움을 해소하기 위한 만남은 예의가 아니다. 그 사람의 마음에 무례한 것이고 나도 감당해 낼 자신이 없고. 친구들은 가끔 노력해보라며 재촉하곤 한다. 사람들도 만나고, 소개팅도 해 보기를 권하면서.

어쩌면 주변 사람은 내 삶이 불행하다 생각할지도 모른다. 하지만 나는 그저 외로움이 주는 이 차분한 평화를 즐길 뿐인 데…. 시끄러운 세상과 정신없이 몰아치는 인생 속에서 내성적인 성격과 외로움이 주는 휴식시간은 너무 달콤하기만 하다. 나는 몇 년간을 6인실에서 지내왔고 개인적인 시간이 절실히 필요할 뿐이다.

'병실에서 몇 년간을 부대끼며 살아왔잖아…….'

잘 준비를 마치고 베개에 얼굴을 비비적거리며 생각했다. 보상이라기엔 뭣 하지만, 앞으로 몇 년간은 쭉 내성적으로 살아가는 것도 괜찮지 않을까 싶었다. 너무 많은 사람을 만났고 어색한 인간관계에 치인 하루였다. 눈꺼풀이 무거워지는 하루. 오늘은 어쩐지 푹 잘 수 있을 것만 같다.

별들처럼 수많은 가능성

　늦은 저녁 친구와 커피를 마셨다. 원래 밤에는 일부러라도 커피를 마시지 않는 편이다. 하지만 오늘밤은 메뉴판에 적혀있는 수많은, 복잡한, 그리고 화려한 이름들의 음료를 고민할 만큼의 힘조차 남아있지 않았다. 정확히 무슨 대화를 나누었는지는 기억이 나지 않지만, 매번 그러하듯 우리는 끊임없이 그리고 경쟁적으로 대화를 이어나갔다.

　통유리로 되어있는 벽 옆의 테이블에 앉아있었는데, 카페 앞 길가에서 지나가는 사람들을 멍하니 구경하기도 했다. 덥기는 하지만 습하지도 않은 꽤 괜찮은 날씨였다. 사실 요즈음은 어디를 가나 에어컨이 나오는 환경이라서 날씨 따위는 크게 상관없지 않나 하는 생각도 들었다. 친구는 다음 날 출근을 해야 한다며 슬슬 일어나자고 했다. 나는 좀 더 있어도 상관없었지만 제법 직장인다운 멘트를 하게 된 친구의 모습이 대견하기도 하고 낯설기도 해서 알겠다고 말한 후 가볍게 인사를 하고 각자의 길로 흩어졌다.

늦은 밤 집으로 터벅터벅 걸어가는 중에 '카페인의 기운'이 올라왔다. 이 기운은 내가 이름 붙인 상태인데 정신적으로 각성한 듯하면서도 약간은 탁해지는 몽롱한 기분을 부르는 말이다. 저녁에 이런 상태가 되어버리면 괜스레 감수성이 여려져서 그렇게 좋아하는 기분은 아니다. 이런 기분이 드는 날 잠을 자기는 다 틀렸다.

검은 저녁 하늘과 오렌지색 가로등이 어우러지는 도시는 걷기에 좋은 분위기여서 이왕 이렇게 된 거 좀 더 걷다가 집에 들어가기로 했다. "귀찮더라도 메뉴판을 보고 신중하게 선택할 걸 그랬어…"라며 후회해 보았지만 나는 항상, 다짐하고는 금방 잊어버리는 성격이다. 줄곧 그래 왔고 딱히 불편함을 느낄 정도의 결함도 아닌 것 같아서 앞으로도 바뀔 것 같지는 않다.

'하긴 병원에서도 금방 잊어버리는 성격 때문에 많은 도움이 됐지.'

자연스럽게 병원에서의 추억으로 생각이 이어진다. 20대 초중반을 병원에서 보내며 많은 것을 배웠고 또 바뀌었다. 나름 소소하던 인생에서의 큰 사건이었고 내 생각의 많은 부분에 영향을 주었다. 개인적으로는 긍정적인 변화라고 생각한다. '변화의 대가가 이 정도일 필요까진 있었을까…' 하는 생각도 들지만,

이미 사건은 일어났고 난 나름의 무언가를 얻어갔기에 할 수 있는 차선을 다했다고 믿는다.

정신을 차리고 보니, 어느새 꽤 멀리까지 걸어왔다. 다리가 저렸다. 저린 다리를 핑계로 잠시 걸음을 멈추고 고개를 들어 밤하늘을 올려다본다. 오랜만의 맑은 하늘 덕분인지 꽤 많은 별을 볼 수 있었다. 도시에서 보는 별들은 시골의 별보다 더 소중한 느낌을 준다. 발걸음을 멈추고 고개를 들어 수많은 도시의 별을 바라보았다.

'나의 미래에도 저 별들처럼 수많은 일이 일어날 거야.'

알 수 없는 오한에 몸이 부르르 떨렸다. 미래에 어떤 일이 일어날 것인가는 밤하늘의 별처럼 수많은 가능성이 있다. 누군가는 '불행한 가능성에 집중할 때 우리는 그것을 두려움이라고 말한다. 반면에 다른 가능성이 훨씬 많음을 기억할 때 우리는 그것을 두려움으로부터의 자유라 말할 것이다'라고 했다. 또 어느 책에서는 말했다. '두려움은 미래의 잘못될 일들을 예측하는 일이기도 하다. 하지만 우리의 미래가 얼마나 불확실한가를 객관적으로 인식만 하고 있더라도 우리는 결코 무엇이 잘못될 것인가 예측하려고 하지 않을 것이다'라고. 바로 그 순간 두려움은 끝난다고 한다.

병원에서 항암치료를 받고 있을 때, 매일 아침 찍던 흉부 엑스레이에서 이상 소견이 발견되었다. 폐 쪽에 염증인지 암인지 모를 동그란 반점들이 찍혔다는 것이다. 서둘러 폐 조직검사를 받고 결과를 기다리는 꼬박 하루를 얼마나 많은 상상과 겁에 질려 두려움에 떨었는지 모른다. 어리석을 정도로 벌벌 떨었다. 하지만 막상 결과가 나오고 나니 단순한 염증으로 약만 먹으면 고칠 수 있는 증상이었다. 하루를 얼마나 고통스러워했는지 떠올리면서 나의 소중한(어쩌면 마지막일지도 모르는) 하루하루를 불확실한 두려움으로 낭비했다는 생각이 들었다. 물론 나중에 조직검사 중 생긴 기흉으로 죽을 고생을 하긴 했지만, 그 후에 내 나름의 깨달음은 얻었다. 고통의 가장 큰 원인 중 하나는 두려움이다.

'두려움을 벗어던지면 단지 아프다는 감각만이 남는다.'

사실은 이 글을 읽는 사람들은 이 뜻을 평생 이해하지 못했으면 한다. 이 말을 공감하는 사람의 눈빛을 상상하는 일은 슬프니까. 병원에서 수많은 치료를 받으면서 나는 본의 아니게 이 말을 몸으로 깨달았다. 수많은 고통 속에서 희망은 점차 사그라지고 두려움을 느낄 만한 체력적, 정신적 여유도 완전히 사라졌을 때 단지 아프다는 감각만이 남았고 통증을 훨씬 수월하게 받아들일 수 있었다. 예전에 정말 아팠던 환자가 자신은 고통을 객관적으로 바라본다고 말한 인터뷰를 읽었다. 이 환자가 얼마나 힘들었을지, 무슨 말을 하는 건지 공감할 수 있었다.

결국, 내가 한 말과 같은 맥락으로 두려움을 내려놓아야 한다. "내려놓아라!!!"라고 내 마음에 명령하고 소리 지르면 마법같이 고통이 사라진다는 말은 아니다. 그저 고통을 있는 그대로 받아들이고 통제하려는 마음을 버리는 것이다.

어느덧 길었던 산책도 끝나간다. 올림픽공원 평화의 문 앞, 타일 공사를 끝마친 도보에 모래 알갱이들이 흩어져 있었다. 달빛에 빛나는 모래알들이 마치 별들 위를 걷는 것처럼 아름답다.

사실은 알고 있다.

인생이라는 다양한 변수, 그리고

이런 몸으로 태어난 이상, 피해를 주지 않고

게으르게 살아가려면 아무리 일러도

환갑 즈음까지는 치열하게 노력해야 한다는 것을.

부지런히 살 마음이 딱히 안 드는데요?

스무 살에 한 달 동안 호주로 배낭여행을 간 적이 있다. 이전의 글을 읽어왔다면 대충 짐작은 했겠지만, 역시나 자아를 찾는다거나 상처받은 마음의 힐링 같은 그럴싸한 명분보다는 그저 '대학생이라면 배낭여행 한 번쯤은 다들 가보던데?'라는 시시한 이유였다. 딱히 서울에도 없는 자아나 힐링이 몰래 비행기를 타고 저 멀리 호주에 갔으리라 기대하는 낭만적인 사람도 아니었고.

여행에는 각각의 스타일이 있는데, 유적지나 박물관을 돌아다니는 학구파나 혹은 맛집, 핫플레이스를 방문하는 부류도 있다. 아니면 역시 호주 특유의 드넓은 사막이나 맑은 바다를 떠올리며 레저 스포츠를 기대하는 여행객도 많을 것이다. 나 같은 경우는 대략 10년 정도 거주한 현지인처럼 여행하는 스타일이다. 사실 이걸 여행이라 부를 수 있는 자격이나 있는지 모르겠지만.

두근두근 설렘은 고이 접어둔 채 한껏 무표정한 얼굴로 쪼리를 질질 끌고 다니면서 마치 유목민처럼 주변의 가게나 건물을 설렁설렁 돌아다니며 풍경을 구경한다. 그러다가 마음에 드는 곳이 생기면 질릴 때까지 머무르곤 했다.

여행 절반 무렵 완벽하게 마음에 든 장소를 찾고서는 나머지 기간을 지내기로 마음먹었다. 도보로 10분 정도 거리에 오페라 하우스가 보이는 공원이 근처에 있는 곳이었다. 온종일 오페라 하우스 근처를 어슬렁거리면서 단골이 돼버린 미트볼 스파게티가 맛있는 수제 햄버거집에서 밥을 먹고, 벤치에서 책을 읽거나 길거리 공연을 구경하며 지냈다. 나름대로 대단히 만족스러웠던 여행이었는데 귀국하고서 오페라 하우스 천장이 클로즈업으로 찍힌 사진 6장만을(심지어 지금은 다 사라진) 본 부모님이 어디서 감금당하다 왔냐고 물으셨다. 그제야 보통은 이런 식으로는 여행하지 않는다는 걸 알았다.

그 후로 사람들과 같이 여행을 갈 때면 대부분 상대방의 스타일에 맞춰주기는 하지만, 어쩌다 혼자 여행이라도 하게 되면 여전히 스무 살 때의 방식으로 어슬렁거리고 만다. 이건 의욕이나 기대가 없다기보다는 천성이 게으르기 때문일 것이다.

나는 게으른 사람이다. '에헷…, 요런 게으름꾸러기 같으니'의 가벼운 느낌이 아니라, '어휴…, 너 그러다가 돼지 된다'라는 탄식에 가까운 수준이다. 고등학교 졸업 책자에 '26살에 200억을 탈세해서 두바이로 가 치킨을 튀기겠다'라고 쓸 정도였다. 물론 그 후 많은 철학자의 질타와 치킨을 튀기는 것의 어려움, 그리고 한국을 그런 식으로 떠나기에는 이미 복잡하게 얽매여버린 돈보다 훨씬 소중한 것들 때문에 야망은 깔끔하게 포기해야 했지만.

도덕적인 부분이나 디테일한 계획은 그렇다 치더라도 이 문장은 내가 얼마나 오래도록 게으른 삶을 동경해왔는지를 단적으로 보여주는 사례 중 하나다.

음식은 슬로우 푸드를 추구하라면서 인생은 빠르고 부지런하게 살아가라는 것은 어쩐지 열 받는다. '모두가 열심히 살아가니까 나 정도는 잉여로 살아가도 괜찮지 않을까?'라는 상상을 하기도 한다. 소중한 것일수록 낭비가 즐겁다는 사실은 이미 많이 알려져 있다. 돈 낭비, 전기 낭비, 물 낭비 등은 양심의 소리를 무시한다면 꽤 즐거운 일이다. 그러니 단 한 번뿐인 귀한 인생을 잉여롭게 사는 것은 대단히 매력적인 일이겠지.

부지런하고 바지런하며 빨리빨리 열심히 살아가는 것이 물론 나보다는 사회 공동체에 도움이 되기야 하겠지만, 뭐랄까…, 왜 그렇게 살아야 하는지 머리로는 알고 있어도 마음으로는 받아들일 수가 없달까.

부지런히 살아가는 사람들을 찾아 살펴보기도 했지만, 다들 그럴싸한 명분보단 대부분은 그저 돈 때문이었다. 물론 돈이 필요하고 엄청 중요하다는 것 또한 알고 있지만, 티브이나 잡지에서는 그렇게 많아 보이던 '와…, 이 일이 너무 좋아서 행복해. 이거라면 돈은 정말이지 상관없는걸?'이라며 직장을 다니는 사람은 적어도 내 주변에는 한 명도 없었다. 모두가 그저 먹고살기 위해 다닐 뿐이다.

그런데 아직 직장을 다닌 적은 없지만, 주변 사람에게 들은 바를 종합해보면 그곳은 서로가 서로를 잡아먹는 자신만 정상인인 아수라판이다. 개인의 여가 따위는 당연하게 포기해야 한다. 덕분에 살아가는 의미도 모르겠고 이런 자신이 싫다는 사람도 수두룩했다. 그런 이야기를 들을 때마다 '그럴 바엔 나는 좀 가난하게 살 테니까 약간은 게을러도 행복하면 되잖아?'라며 말처럼 쉽지 않은 다짐을 하게 된다.

사실 대부분의 인간은 단지 살아있단 것만으로도 박수받을 존재이다. 무균실에서 간 수치가 몇 배나 올라 가만히 누워만 있어도 죽을 것 같이 힘들 때, 살아 숨 쉬는 것만으로도 엄청나게 대단한 일이라는 걸 알게 됐다. 몸은 정자와 난자가 만난 그 순간부터 우리가 의식하지 않는 와중에도 살기 위해 끊임없이 분열하고 소멸하며 일하는 것이다.

그래서 문득 그런 생각이 들 때마다 내 몸의 암세포가 조금은 이해될 때도 있었다. 조상 대대로 평생을 쉴 틈 없이 사용하고 버림당하기를 반복하다 보면 회사에 다니는 친구들에게 하루에도 몇 번씩은 듣곤 하는 "이렇게 일만 하다 버림당하는 건 억울해" 같은 대사를 내뱉으며 죽기를 거부하고 암이 되는 세포는 충분히 있을 수 있다. 더군다나 그들의 창조주가 마침 게으름을 동경하는 인간이라면 더더욱.

드라마 대사처럼 암도 하나의 생명체니까 사랑해야 한다는 말에는 동의할 수 없지만, 80살 즈음 되면 이곳저곳 삐걱거리는 것 정도는 당연하다고 생각한다. 역시 늙어 죽는다는 건 대단한 일이다. 부지런히 살지 못한다는 것만으로 비난받을 이유 따위 전혀 없다.

살아간다는 사실만으로도 감격할 만큼 게으른 인간이지만, 그래도 양심은 있으므로 화려한 인생을 바라지는 않는다. 나는 대체로 욕심이 없는 사람이다. 돈 욕심이나 출세나 명예에 대한 욕구도 그리 강하지 않다. 어느 정도 자신의 한계와 능력치를 파악하고 있기 때문인 것 같기도 하고, 의욕이나 능력이 없다고 하는 것이 더 정확할지도 모르겠다. 굳이 비교하자면 B급 로맨틱 코미디 주인공의 친한 친구 역할 정도의 인생이면 적당했다.

그럭저럭 대학을 졸업하고 가까스로 취직한 뒤 웃는 게 매력적인 볼살 통통한 평범한 여자와 소소한 사랑에 빠져 결혼, 아이는 둘 정도 낳고서 빠듯하게 살림을 꾸려가며 늙어가다 일주일 정도 앓고 죽는, 누가 들어도 평범한 인생(그 당시에는 이렇게 사는 것이 피똥 싸게 힘든 일이라는 걸 몰랐다).

꿈꾸어 온 삶은 그저 평범한 인생이고 이 정도는 마음먹은 대로 움직여지리라는 환상은 23살에 암이 재발함으로써 호쾌하게 어긋나 버렸다.

방사선 치료 후 일 년 뒤 등록한 편입학원 첫날, 암 재발 판정을 통보받고 학원비를 전액 환불한 뒤 병원에 입원했다. 희망차게 세우던 모든 계획이 갑자기 중단됐고 그날 저녁에는 학원 책상보다 병원 침실에서 익숙한 편안함을 느끼는 내 몸이 정말 미웠다.

슬퍼서 눈물이 나는 일은 거의 없지만, 부끄럽거나 억울할 때는 가끔 울기도 한다. 그리고 당일 새벽에 지하철을 타고 학원을 가면서 느꼈던 설렘과 두근거림이 나는 상당히 부끄러웠나 보다. 아무도 모르게 병실의 베개 밑에 '소소한 삶에는 미지근한 노력 정도'면 될 거라는 나의 순수 혹은 무지를 묻으면서 어찌나 원통했는지.

그래서 사실은 알고 있다. 인생이라는 다양한 변수 그리고 이런 몸으로 태어난 이상, 피해를 주지 않고 게으르게 살아가려면 아무리 일러도 환갑 즈음까지는 치열하게 노력해야 한다는 것을. 죽지 않으려면 죽을 만큼 노력해야 하는 세상이라고 하니까. 참나…….

그렇다고 '여러분, 그러니까 우리 모두 죽을 만큼 힘 내보자고요!'라는 자기계발서 같은 멘트나 혹은 그럴싸한 해답으로 글을 마무리할 생각은 없다. 난 여전히 매주 로또를 구매하며 게으르고 쉬엄쉬엄 살아가는 게 좋은 데다, 어떻게 하면 조금이라도 쉽게 살아갈 수 있을지 치열하게 눈치 보며 찾아가는 중이니까. 그저, 나를 포함한 이 글을 읽는 사람들이 약간은 아니 좀 많이 힘들기는 하겠지만, 각자가 원하는 대로 살아갈 수 있기를 응원하며 글을 정리할 뿐이다. 그러다 혹시 기막힌 방법을 알게 된다면 나에게도 좀 공유해 주었으면 싶기도 하고. 집 앞에 끝내주게 맛있는 라떼를 파는 집도 알고 있으니까(하트도 그려준다) 제발 연락해 주었으면 좋겠다.

아…, 쉬고 싶어라…….

늙어가는 것 자체는 별로 상관없었다.

다만 남아있는 시간이 병원에서

점점 줄어간다는 사실이 신경 쓰였다.

나는 멈춰있는데 세상은 나아간다.

심지어 너무나 빠른 속도로.

살아간다는 것은 대체로 슬픈 일이다

"응 그래, 거의 다 와가."

친구는 위로가 필요한 듯 보였고 나는 승희를 좋아한다. 아니 호의적이라고 표현하는 것이 더 어울릴지도 모르겠다. 어쩐지 애틋한 친구다. 비슷한 주파수의 사람이라는 느낌이 들기도 하고.

그런 친구에게서 이틀 전 전화가 왔다. 뜨거운 물로 목욕한 후 좋아하는 시즈닝을 듬뿍 뿌린 나쵸 한 그릇과 살얼음이 낀 제로콜라를 양손에 안고 좋아하는 영화를 볼 준비를 마친 뒤였다. 그때의 나는 누구도 막을 수가 없다. 가장 즐거워하는 몇 안 되는 시간이니까 대충 몇 마디 주고받다가 급한 일이 있다며 끊으려 했다.

"요즘은 내가 마치 죽어있는 사람 같아."

친구의 한마디가 마음을 후벼 팠다. 이건 반칙이다. 절망하듯 툭 던지는 '죽음'에 관한 대화는 도저히 무시하고 지나갈 수가 없으니까. 떡밥을 물어버린 생선처럼 낚싯바늘에 아가미가 걸려 질질 끌려 올라갈 수밖에 없는 것이다. 양반다리를 풀고 조용히 영화를 멈춘 뒤 물었다.

"금요일에 술이나 한잔할래?"

"어? 너 술 못 마시잖아…, 사람 많은 곳 싫어하기도 하고."

거절하는 듯 말하지만, 목소리가 들떠있다.

"오랜만에 콜라와 사이다로 달리고 싶다. 족발 맛있는 곳으로 날 모셔라."

"그래 알았어. 오기만 해. 최고의 비율로 섞어줄게."

친구의 목소리는 들떠있었다.

그 후 이틀 뒤 승희를 만나러 갔다. 3413 버스를 탄다는 것이 3213으로 잘못 타는 바람에 약간 늦어버렸다. 정말 오랜만에 방문하는 용산. 나는 그야말로 서울 촌놈이다. 송파를 벗어난 적이 거의 없어서 고작 용산에 갔을 뿐이지만 모든 것이 낯설었다.

어색한 마음에 버스에서 내리자마자 눈앞에 보이는 대리석 건물의 벽을 검지로 이유 없이 쓱 하고 문질렀다. 손끝으로 까끌거리면서도 은근하고 '찌릿'하게 전해지는 묘한 자극이 동네의 느낌과 같아 약간은 안심이 됐다.

탐사를 마친 손가락 끝이 가리키는 신호등 건너편에서, 승희는 짙은 바다색 바탕에 가운데 분홍색 야자수가 큼직하게 프

린팅 되어있는 반팔티와 무릎 위로 올라오는 짧은 검은색 반바지 그리고 앞쪽에 프릴 무늬가 되어 고급스러워 보이는 남색 옥스포드화를 신고 우두커니 서 있었다. 낯선 환경 속 친숙한 모습이 유독 반가웠다.

친구는 돼지 다리를 오븐에 통으로 구워 껍질은 바삭하고 속은 야들거리는 브라질 스타일의 족발집을 소개했다. 은은한 백열등에 잔잔한 분위기가 좋았고 족발(?)보다는 감자튀김이 너무 맛있어서 놀랐다.

"어때? 괜찮아?"

약간 눈치를 보며 물어온다.

"맛있네…. 소스도 독특하고…, 덕분에 호강하네."

"야 이거 큰맘 먹고 사는 거거든? 좀 더 격렬하고 디테일하게 표현해봐."

친구는 불만스러운 표정으로 말했다.

문득 "태균씨! 좀 더 구체적으로 말씀해 주셔야 해요"라고 말하던 인턴 의사가 떠올랐다. 병원에서 항상 곤란했던 질문은 '어디'가 아닌 '얼마나' 아프냐는 질문이었다. 1부터 10까지 점점 고통스러워하는 이모티콘이 그려진 표를 보여주며 항암 치료 중인 부분이 어느 정도로 아프냐고 물어볼 때면 항상 당황스러웠다.

주구장창 아픈데…, 원래 다들 이만큼 아픈 건지 아니면 내가 정말 심각하게 아픈 상황인 건지…. 집중하고 생각해보면 더 아픈 것 같기도 하고. 한참을 고민하다가 "한 8.28 정도요"라고 대답하면 인턴은 무표정으로 고개를 끄덕이고 무언가를 끄적거리면서 사라졌다. 언제나 의사와는 유머 코드가 맞지 않았다.

지금 친구의 불만스러워하는 표정은 그 인턴을 닮아있다. 의사도 내가 좀 더 디테일하게 아프다고 몸부림쳤다면 약간은 만족스러운 표정을 지어주었을까.

"기름지면서 바삭한 껍질이 터지면 육즙이 살코기로 살포시 스며들고, 야들야들한 속살과 어우러져 입안을 감싸주는 그런 맛이야."

이번만큼은 기대에 부응하기 위해 최선을 다해본다.

"과해…. 진심이 느껴지지 않는다."

또다시 실패. 누군가를 만족시키는 표현의 섬세한 포인트를 잡아내는 것은 여전히 어려운 일이다.

친구는 할 말이 많은 듯 끊임없이 떠들었고 우리는 자주 만나지 않아도 서로에 대해 꽤 많은 것을 알고 있는 것이 즐거웠다. 하지만 시간이 지날수록 초록병이 늘어나고 친구의 발음이 살살 꼬여가기 시작하는 것이 신경 쓰인다.

과음하는 사람을 좋아하지 않는다. 정확히는 술기운에 취해 무언가를 말하려는 사람을 꺼린다. 승희는 힘들어하는 듯했고 맨 정신에 털어놓기에는 어쩐지 부끄러운 말을 하고 싶어 하는 것 같았다.

"너무 달리는 거 아니야? 고민 있어?"

더 취하기 전에 털어놓기를 바라며 은근슬쩍 던져보았다. 그러자 기다렸다는 듯, 흔들어댄 콜라처럼 고민을 쏟아낸다. 승희는 학과와 원하는 직업의 괴리감에 절망하고 있었고, 아무것도 하지 못한 채로 그저 남들이 앞서가는 것을 지켜만 보는 것 같아 답답하다고 했다. 그렇다고 이 나이에 원하는 일을 다시 시작하기에는 부모님의 눈치도 보이고 여러모로 고민이라며.

조용히 들어주었다. 한편으로는 여느 평범한 고민이라 다행이라는 생각을 했다. 친구의 고민을 폄하하는 것은 아니다. 그저, 재수를 하거나 몇 년째 취직을 위한 자소서 쓰기, 잘 다니던 직장에서 잘려 새로운 일을 준비하고, 은퇴 후 제2의 인생을 고민하는 것 같은 인생의 다양한 '일시정지'들을 이 친구 또한 겪어가는 중인 것이다.

몇 년 전 병실 침대에 누워있을 때 나 또한 이런 '일시정지'를 겪었다. 문득 떠오른 '어? 내가 지금 왜 여기서 이러고 있지?'라는 생각.

'이런 식으로 어영부영 살아도 되는 걸까?'

'모두 나아가고 있는데…….'

'멈춰있는 이 시간이 너무 아까워…….'

늙어가는 것 자체는 별로 상관없었다. 다만 남아있는 시간이 병원에서 점점 줄어간다는 사실이 신경 쓰였다. 나는 멈춰있는데 세상은 나아간다. 심지어 너무나 빠른 속도로.

줄어드는 시간 속 어서 빨리 침대를 박차고 나가 뭐라도 해야 할 것만 같은데 아무것도 할 수 없다는 사실이 너무 고통스러웠다. 그럴 때면 마치 숨을 쉬고 있는 상태로 죽어가는 것만 같았다. 친구의 고민도 그때의 내 불안함과 비슷할 것이다. 그래서 지금 이렇게 자포자기의 심정으로 낙담하는 것을 이해할 수 있었다.

하지만 이런 상황 속에서도 어쩌면 자유를 느낄 수 있다 말해주고 싶었다.

'자유롭다'는 것은 시간이 멈춰있는 느낌과 비슷하다고 한다. 일시정지의 상태라면 차라리 '이 시간이 정말 자유로운 순간이구나… 나중에는 이 자유가 그리워지겠지?'라고 생각해버리는 것이 더 가뿐할 수 있다. 그러고 보면 병원에서의 나도 어떤 의미로는 가장 홀가분하기도 했고.

절망감 속에서 자유를 찾으라는 말이 터무니없이 들리기도 하지만 세상은 모순으로 가득하고 우리는 그런 모순 속에서 살아간다. '아…, 그럴 수도 있겠다…'라며 자신을 위로하기, 어쩌면 그것이 친구에게 더 필요한 진실일 수 있다.

"하…, 내가 나쁜 놈이지……."

'이제 이 멋진 위로를 잘 포장해서 전달해줘야지'라고 마음먹었을 때 친구가 말했다.

"미안하다…, 너 앞에서 이딴 걸 고민이라고…. 하… 진짜… 나는 행복한 놈이지."

의도치 않게 내가 살아온 삶만으로 응원을 건넸다.

"음???… 저기… 일시 정ス…."

"아냐 아냐 마시자! 원래 삶은 슬픈 거야……."

친구는 소주 한 잔을 단숨에 비운 뒤 입을 쓱쓱 문지른다. 사실 그때 승희의 그 한마디에 애써 생각해둔 말들은 다 잊어버린 채, 오히려 내가 뜻밖의 위로를 받았다. 나에게 살아간다는 것은 대체로 슬픈 일이었다. 그런데 이 친구가 그 슬픔의 일부분을 공유하고 위안 삼는 것은 어쩐지 묘한 안도감을 주었다.

"그래… 앞으로의 인생을 위해서 짠!!"

마음으로 친구의 행복을 응원하며 콜라 한 잔을 쭉 들이켠 뒤 입을 쓱쓱 닦고 서로 킥킥거리며 웃었다. 서로 마주 보며 웃어대던 첫 만남이 떠올랐다.

역시 말랑말랑한 것이 좋아

고백하자면, 몇 달 전부터 자발적으로 멀티 비타민을 챙겨 먹고 있다. 자그마한 크기 속에 비타민 C와 D는 물론, 덕분에 이런 물질이 내 몸에 있다는 걸 알게 된 영양분들까지 잔뜩 담고 있는 인류 과학 문명의 열매를.

이름도 어렸을 적 히어로물에서나 몇 번 듣고 다시는 볼 일이 없을 줄 알았던 무려 '메가 울트라 골드'라는 단어가 붙어있는 녀석이다.

'Mega Ultra Gold.'

"뭬가, 울투롸, 고오오오올드~" 약병을 손에 쥔 채로 주문처럼 따라 읽으면 어쩐지 힘이 솟아나는 것 같기도 하다.

투병 중 매끼마다 알약을 14알씩 먹었다. 밥을 못 먹었어도 덕분에 항상 배불렀다. 그래서 병원을 퇴원하며 알약 따위 더는 거들떠보지도 않으리라 다짐했지만, 하루하루 고달프고 피로해지는 것이 몸으로 느껴지니까 어쩔 수 없이 다시 찾게 되었다. 물론 근육을 만들고 식단을 건강하게 하면 알약 따위 없이도 확실하게 해결될 문제지만, 그런 건 어쩐지 바쁜 현대를 살아가는 얼반시크한 도시인에게 어울리지 않는다. 무심한 듯 아리수를 따르고 비둘기처럼 목을 젖히며 알약을 삼키고서 덩어리가 목을 걸고 넘어가는 불쾌함에 몸을 부르르 떨어주어야 한다. 인간은(사실 나는) 어쩔 수 없이 그런 존재다.

에피쿠로스의 말마따나 더 큰 행복을 위해서는 약간의 고통을 기꺼이 감내하는 동물. 끔찍하게 싫으면서도 돈 때문에 회사를 출근하는 것처럼, 나 또한 소름 끼치게 알약이 싫지만 게으른 활력을 위해 억지로 삼킨다.

하지만 스스로 알약을 챙겨 먹는 것보다 더 어처구니없는 것은 오로지 맛으로만 먹었던 소위 보양식들(삼계탕, 장어, 오리수제비 등등)을 먹고 나면 게임 캐릭터의 에너지바처럼 내 안의 무언가가 쭉 차오르는 게 느껴진다는 것이다. 그 '무언가'는 이제 나도 건강을 보조하는 것들에게 도움이 필요하단 빼도 박도 못하는 증거인 셈. 물론 도움이 필요하다면 의지하는 것이 나쁜 건 아니면서도 얼마 전 결국 홍삼액마저 손을 대기 시작했을 때는 약간 씁쓸한 마음이 들었다.

조금만 움직여도 활력이 쭉쭉 빠져나가는 것이 느껴졌기에 어머니가 부엌 첫째 서랍에 넣어둔 홍삼액을 야금야금 복용하기 시작한 것이다. 이제 더는 '메가 울트라 골드'만으론 나의 활력을 보조할 수 없을 만큼 부쩍 연비가 떨어졌다. 고급 세단이 되어가는 중이라고 스스로를 위로하고 있지만 어쩌면 그저 똥차가 된 것일 수도 있고.

나도 이제 홍삼을 쭈압쭈압거리며 빨아먹는 사람이 되어버렸다. 길쭉한 포의 끝을 자르고 입으로 '추르르즈압' 하고 빨아들인 뒤 검지와 중지를 이용해서 마지막 한 방울도 놓치지 않고 게걸스레 뽑아먹는다. 건강 보조식품 따위를 먹는 남자는 쿨하지 못하다고 생각했는데……

"건강 보조식품이 뭐 어때서? 나는 고등학교 때도 먹었는데?"라고 말하실 수도 있겠지만, 인생에 있어서 보조제가 필요할 만큼 열정적이던 적이 없었기 때문에 이런 현상들이 대단히 낯설고 당황스럽다. 심지어 지금도 그저 일상생활 정도의 수준이 벅찰 뿐이다. 딱히 세상을 이롭게 하는 대단한 일을 하는 것도 아닌데 이 정도로 힘든 것은 어쩐지 부끄럽달까.

이제 나도 몇 달만 있으면 서른이다.

"아직 생일 안 지났어요"라든지 "어메리칸 나이로는 28살이에요" 같은 애처로운 변명을 늘어놓을 수 있는, 청년과 아저씨의 경계선을 기웃거리는 출입증을 받는 나이. 이제부터 관리와 노력의 정도가 그 경계선을 넘나드는 기준이 되겠지만, 세안 후

로션을 바르는 것조차 귀찮아하는 나로서는 이미 전의를 상실한 지 오래다. 뭐… 아저씨라 부를 테면 그러라지, 흥….

나이를 먹는다는 것은 뭘까? 이제는 조금 진지하게 고민해야 할 때가 온 것이다. 늙는다는 것은 이전보다 무언가가 변하거나 혹은 딱딱하게 굳어지는 과정이 아닐까 싶다. 나도 요즘 들어 달라지고 있는 몇 가지 징후를 느낄 때가 있기는 하다.

1. 과자봉지를 가위로 잘라 열고 깔끔한 단면을 보며 뿌듯해 한다거나

2. 요리 과정이 담긴 유튜브 동영상 시청하기(각각의 재료가 썰릴 때 나는 차분한 소음을 좋아한다)

3. 최악은, 요즘 따라 혼잣말을 하는 횟수가 늘어나기 시작하더니 자연스럽게 말에 운율까지 넣기 시작한다는 것

사실 이렇게 '변화하는' 것들이야 웃어넘길 수 있더라도 경계해야 할 것은 점차 '굳어지는' 어떠한 것들이다.

'생일은 무조건 생크림 케이크'

'감자튀김은 무조건 햄버거를 다 먹은 후'

하루 한 잔 마시는 아메리카노 대신 딸기 바나나라도 사 마실라치면 며칠을 고민하며 마음을 다잡아야한다. 이런 습관들은 무럭무럭 자라나 '꼰대'가 되어버리는 씨앗이다. 점점 경험이

주는 틀이 익숙하고 편안해지다가 나중에는 오직 그 틀에 갇혀 세상을 마주하는 것. 어느덧 자라난 덩굴에 온몸이 휘감겨 영락 없는 '꼰대'가 되어버릴 것이다.

나에게 꼰대라 함은 좁은 길목에서 당당하게 담배를 피우며 걸어가는 아저씨들이다. '담배를 길에서 피우는 게 어때서? 예전에는 다들 그랬는데?'라는 고정관념이 굳어져버린 사람. 요즘이 얼마나 달라진 세상인데…….

물론 세상에는 온갖 종류의 진상들이 있겠지만, 코 부근에 암이 발병했던 나로서는 피할 수도 없이 좁은 길거리에서 담배를 뻑뻑 피우는 아저씨들을 만나면 유독 분노로 머리카락이 쭈뼛쭈뼛 솟아오른다.

하지만 무작정 그들과 투닥거릴 수는 없다. 코에 갈비뼈를 박고 볼에 실리콘을 심었기 때문에 항상 조심해야 하니까. 그래서 분노를 해소하는 방법이라기는 뭣하지만, 병실에서 다년간 축적한 데이터베이스와 상상력을 이용해서 그 사람을 저주하고는 한다. 예를 들자면 이런 식이다.

"확 폐암이나 걸려버려라…. 더러운 성질머리 때문에 아무도 병문안을 오지 않아 외로운 침대 위에서 쌔액쌔액 거리면서 담배 조금만 피울걸…, 후회하게 될 거다."

써 놓고 보니, 역시 난 결코 착한 사람은 아니다. 하지만 그보다 날 더욱 스트레스 받게 하는 것은 내가 악인이라는 것을 뺀

뻔하게 무시할 만큼 철저하게 나쁜 놈 또한 아니라는 사실이다.

그런 고약한 저주를 퍼붓고는 이내 '와…, 그런 인생은 좀 슬프다…' 하며 딱한 마음이 밀려온다. 어쩐지 아저씨의 구부정한 등이 누군가에게는 자상한 사람이겠지 싶기도 하면서. 그러면 곧 '아저씨 건강하게 사세요. 저주는 취소!'라며 혼자 북 치고 장구 치고 난리를 떠는 것이다.

이런 꼴이 스스로 우습게 보일 때도 있지만 그래도 꼰대로 사는 것보단 훨씬 덜 비참하다고 생각한다.

나는 차라리 피해자로 살기로 했다. 날을 잔뜩 세우고 너도 똑같이 당해 보라며 진상을 피우는 것은 20대 초중반의 잔재로 남겨두려 한다. 어쩐지 아프고 나서는 소금에 절인 배추처럼 좀 더 유연해진 것 같기도 하고. 좀 더 유들유들한 어른이 되어야지 싶다.

'네 의지의 격률이 언제나 동시에 보편적 입법의 원리가 될 수 있도록 행위하라'며 멋지게 말할 수 있는 지성인은 힘들겠지만, 궁시렁궁시렁 치이며 살아도 말랑말랑한 생각과 행동으로 남에게 폐는 끼치지 않으며 살아가는 어른이 되는 것. 그런 피해자로 산다면 적어도 나 자신에게는 떳떳할 수 있을 것 같다(호구가 될 생각은 없지만…).

단단한 꼰대의 틀 속에서 갇혀 사는 것이 훨씬 편하기는 하겠지만, 어차피 수월한 삶은 이번 생에 글러먹은 것 같으니 목표를 위해 약간은 더 노력해 볼 생각이다. 꼴값이 대풍년인 인생, 나중에 돌이켰을 때 괜찮은 인간이라도 되어 있지 않으면 정말 억울할 것 같기도 하고.

물론 대단히 험난하고 귀찮을 것이다. 솔직히 자신도 없지만…, 그래도 역시, 뭐든 바짝 말라 딱딱하게 굳어버린 것보단 아기 머리처럼 말랑말랑한 게 좋으니까. 그것이 과일이든 생각이든. 어른이 되어가는 것 또한 마찬가지로.

소소한 일기 __ # 일상편

1.

　　고등학교 시절 학교 매점에서는 천 원짜리 햄버거를 팔았다.
피클과 머스터드를 버무린 샐러드와 제법 고기 맛이 나는 패티가
조화로워서 인기가 많았다. 그런데 어느 날 햄버거 패티가 닭 머리
까지 통째로 갈아서 만든 것이라는 괴담(사실일 수도 있습니다)이 돈
후부터 인기가 많이 사그라졌다.

　　물론 나는 "생선도 어두일미라는데 닭 머리가 들어가 있으면
이득 아니냐?"라는 미친 소리를 하며 자주 사 먹고 다녔지만. 물론
지금은 그 정도까지 긍정적으로 살진 않는다.

2。

오늘 마신 요구르트병에는 '유산균 다량 함유'라는 문구가 적혀있었다. 병 가득 적혀있는 유산균들의 효능을 읽으면서 "아아…, 내가 이 아이들을 마시지 않았다면 이 친구들은 살아갈 수 있었을 텐데…"라고 생각했다. 인간이란 무언가를 끊임없이 짓밟으며 살아가는 존재인가 보다.

3。

24살 때인가, 제일 친한 친구로부터 "나는 회는 싫어하지만, 초밥은 정말 좋아해"라는 고백을 들은 뒤로, 나는 인간을 정의 내리는 것을 포기했다. 사람은 너무나 다양한 존재다. 또한 그것이 매력이기도 하고.

4。

7월 22일 저녁 7시 3분에 올해 첫 매미 소리를 들었다. 계속 더웠지만, 이제야 진정한 여름이 왔다는 느낌을 받았다. 그런데 분명히, 내가 어렸을 적 매미는 "맴맴" 하고 울었는데, 지금은 왜 "스피오 스피오 씩~~야!!!! 빌빌빌빌빌 츄오올스 츄오올스 츄오올스 취르빌! 스피오~ 스피오~" 하고 우는 거지? 맴맴으로 듣기에는 내가 너무 커버린 걸지도 모른다.

5。

영화에 나올법한 멋진 대사 한마디를 폼 나게 해보는 것이 꿈 중 하나였다. 어느 날 저녁, 골목길 계단에서 떡하니 버티고 있는 쥐를 한 마리 보았고, 쥐는 털 하나 없는 매끄러운 꼬리를 살랑거리며 재빠르게 다가왔다. 나는 벌벌 떨면서 "우…, 우우…, 저리 가! 나에게 가까이 오지 마!!"라는 삼류 악역 같은 대사를 내뱉었다. 이런 영화 대사를 원한 건 아니었는데…….

6。

매주 로또를 산다. 일등 한번만 됐으면 좋겠는데. 매주 열 명도 넘는 사람이 당첨되고 그게 내가 될 수도 있는 거니까. 암도 걸렸는데 로또 일등 한번 안 될까? 암은 되고 로또는 안 되는 건 너무 열 받아.

7。

사람은 변하지 않지만, 사랑은 언제든 변할 수 있다고 생각한다. 그래서 나이가 들어갈수록 점점 감정보단 이성으로, 행복보단 슬픔을 같이 견뎌 줄 사람을 찾는 거겠지. '영화 속 뜨거운 사랑보다는 어쩐지 삭막하지 않나…'라는 느낌이 들 때도 있지만, 나는 이런 종류의 사랑도 충분히 가치 있는 사랑이라고 믿는다.

8。

    풀 냄새를 좋아한다. 특히 잔디를 깎으면 진동하는 풀 냄새를. 그런데 하루는 어머니로부터 "엥? 그거 풀 시체 냄새 아니니? 사람으로 치면 전쟁의 피비린내 같은 거"라는 소리를 듣고부터는 어쩐지 껄끄러워졌다. 부들부들…….

9。

    다들 흑역사 하나씩은 가지고 있을 것이다. 담배에 관한 이야기를 쓰다가 생각났는데, 내 인생 최고의 흑역사를 꼽으라면 대학교 1학년 때 동기 여자애 앞에서 담배를 피우며 "담배 피우는 남자는 만나지 마"라고 말한 기억이다. 하…. 잠시만…, 잠깐 이불 좀 차고 와서 다시 써야겠다.

10。

    생일 선물로 평생 들어본 적도 없는 '칼림바'라는 악기를 받았다. 왜 준 거냐고 물어보니 너무나도 해맑은 미소로 네가 좋아할 줄 알았다고 대답한다. 십년지기 친구지만 아직도 그 친구의 눈에는 내가 어떻게 보이는지 모르겠다. 너무 밝게 웃어서 차마 욕할 수 없었다. 지금 악기를 조율하고 있는 중이다.

11。

　　한 달에 이틀 정도는 아팠으면 좋겠다. 평소에는 한 달에 보름 정도 아프니까. 크게 아픈 건 아니고 삐걱거리는 정도이긴 하지만 정말 지긋지긋하다. 이제 친구들에게 아프다고 못 만난다 말하는 것이 민망하기도 하고. 사람 관계를 무너뜨리는 건 큰 한방이 아니라 사소한 짜증들의 모임인 경우가 대부분이니까. 그래서 항상 주의하고 있다. 뜻대로 되는 건 아니지만.

12。

　　새벽 3시 34분쯤 나는 문득 감성 터지는 남자가 되고 싶다는 생각을 한다. '돌라보스키 체르마농 바반디로스' 따위의 필명을 가지고 있거나, 어색한 친구에게 대뜸 '라일락의 꽃말은 젊은 날의 추억이야'라는 문자를 보내본다거나(카톡은 안 된다), 길을 걸어가다가 문득 불타오르는 노을이 아름다워서 주저앉아 펑펑 울어버리는… 그런 미친놈… 아니 감성 터지는 남자가 되고 싶다고.

13。

　　동생과 차를 타고 오는 중에 '짝사랑'이야기가 나왔다. 오빠가 그런 풋풋한 사랑을 했다는 게 믿기지 않는다고 동생은 말했다. 나는 짧은 시간 지나가는 아름다움을 좋아한다. 꼬리가 올라간 눈매, 부드러운 몸 선, 단풍이 든 나무, 일렁이는 햇살과 강아지의 기지개 같은 것들. 그런데 그 여자는 처음으로 먼 미래에 자글자글 늙게 되더라도 여전히 아름다울 것만 같은 확신을 주는 사람이었다. 그녀는 알까? 내가 이 정도로 당신을 좋아했다는 걸? 아마 모를 것이다.

14.

갑각류인 홍게는 탈피 과정을 거치며 성장한다. 이 과정이 만만치 않아서, 탈피 도중에 힘을 다 소모하고 죽는 경우도 있다. 포유류처럼 시간이 흐르면 그럭저럭 자라는 것이 아니다. 그들에게 성장한다는 것은 죽음을 각오한다는 것이다. 그리고 그렇게 죽을힘을 다해 성장을 마치고 나면, 결국 그물에 잡혀 맛있게 요리돼 식탁 위에 올라간다. 어쩌면 인생은 생각보다 별것 없을지도….

15.

"뭐 먹고 싶어?"라고 물어보자 동생은 "아무거나… 좀 아름다운 메뉴로 골라 봐…"라고 대답했다. 그래서 나는 아름다움이란 뭘까 골똘히 생각했고, 그런 나를 보면서 동생은 웃었다. 세상은 정말 놀라울 정도로 다양한 종류의 아름다움으로 가득하다. 나는 살아가면서 얼마나 많은 색상의 아름다움을 볼 수 있을까? 몇 가지의 물감으로 내 삶을 그릴 수 있을까? 상상해보니 조금은 즐거웠다. 역시 살아있어서 다행이다.

살아간다는 것은 대체로 슬픈 일입니다. 저에게도 매일 "괜찮아! 행복해질 거야!"라고 말해주는 사람이 필요했습니다. 내가 무너지지 않게. 울면서도 한걸음 내디딜 수 있게. 그런 말을 해주는 아르바이트생이라도 있다면 고용하고 싶을 정도였으니까요. 저를 비롯한 많은 사람들이, 하루하루 언제나 다양한 방식으로 상처받는다는 걸 알고 있습니다. 이틀이 기쁘다면 5일이 상처받는 그런 일상이 꽤나 많은 사람에게 나타나는 것을 느꼈습니다.

그런데 그렇게 반복되는 일상은 마치 고요한 늪처럼 모든 감정을 스르르 집어삼킵니다. 그것이 커다란 기쁨이건, 물에 젖은 모래성이 무너지듯 절망적인 슬픔이건 말이죠. 결국은 시간에 휩쓸리고 무뎌지다가 '상기'해야 할 과거의 일상이 되어버립니다. 일상을 살아간다는 건 그런 것일지도 모릅니다. 크게 생각해보면 인생에서 그렇게 심각한 일은 없을지도 모른다는 생각이 들게 만들죠.

'아…, 뭐라도 되어 있겠지'라는 마음으로 20대를 시작했었는데 고작 할 수 있는 최고의 일탈이 '계란 프라이의 노른자를 거의 익히지 않고 먹는다' 정도뿐인 암 환자가 되어 있을 때부터 저는 떠나갈 준비를 시작했습니다. 그리고 인생에서 처음으로 매일같이 조금씩, 진지하게 이루기 위해 노력한 일이 '죽을 준비'가 되어버린 사람이라서 많은 사람에게 소홀했던 것 같습니다. 모두에게 언제나 '나는 당신을 진심으로 좋아합니다. 다만 그걸 표현하기에 제가 너무 게으를 뿐이에요'라고 떠들며 다녔는데 이제야 책을 완성하고 감사한 마음을 전합니다. 어쩐지 미스코리아 당선 소감을 따라 하는 것처럼 엄청 부끄러운 일이지만, 그래도 꼭 감사하다는 말을 전하고 싶었습니다.

우선, 부족한 글 좋아해 주신 에디터님과 덥석 "계약합시다!"라고 말해주신 최용범 대표님, 초보 작가의 의견에 귀찮으셨을 텐데도 언제나 프로페셔널하고 적절하게 대처해주신 김정주 차장님, 신정난 디자이너님도 정말 감사드립니다. 책 한 권일 뿐이지만, 제 인생에서는 꿈같은 일이었습니다.

생각하면 울컥하는 사람들도 있습니다. 언제나 내 걱정이 우선인 아버지, 이룬 것이 없다고 말하는 나에게 "왜 살아남았잖아!"라고 말해준 어머니, 그리고 이 책을 만드는 데 가장 큰 도움을 준 실명은 프라이버시니까 말하지 말라는 내 동생 Y.M에게 감사합니다. "너희보다 오래 살아서 네놈들 무덤에 침을 뱉어주마!"라고 말하는 정신병자라도 항상 곁에 있어 주는 친구인 관호, 승렬, 영하에게도 고맙다. 너희들은 나에게 가족만큼 사랑할 수 있는 타인도 존재한다는 걸 가르쳐준 사람들이다.

언제나 미안한 이모들과 어쩐지 동질감이 느껴지는 큰외삼촌에게도 존경과 감사를 전해드리고 싶습니다. 그리고 부족한 것투성이라 의도치 않게 걱정을 끼친 모든 이들에게 감사합니다. 나 같은 사람도 응원해주는 착한 사람들도 있다니…, 인간은 역시 미스터리한 존재라고 생각했습니다. 인생은 결국 혼자라고 생각했었는데 어느새 많은 사람에게 둘러싸여 있었네요. 모두들 비록 이런 부족한 인간이지만, 앞으로도 잘 좀 부탁드립니다. 감사합니다.

잘생김은 이번 생에 과감히 포기한다

초판 1쇄 발행 2018년 5월 28일

지은이   김태균
펴낸이   최용범

편집   김정주, 이우형
디자인   신정난
일러스트   감명진
영업   손기주
경영지원   강은선

펴낸곳   페이퍼로드
출판등록   제10-2427호(2002년 8월 7일)
주소   서울시 마포구 연남로3길 72 2층
이메일   book@paperroad.net
블로그   blog.naver.com/paperroad
페이스북   www.facebook.com/paperroadbook
전화   (02)326-0328
팩스   (02)335-0334
ISBN   979-11-88982-19-6 (03810)